十二年

町井たかゆき
Machii Takayuki

風媒社

「相楽満」の紹介状

相楽満と名乗る男がいる。

さがら・みつると幼少のころからの呼び名で呼ぶ人もあり、今風にサラ（リ）ーマンと発音する人もいるが、それはどちらでもいいとしたい。

相楽満は労働者として一生を過ごした。しかし、一介の日本の労働者として破天荒な生涯を送った。波瀾万丈という言葉があるが、そんな人眼を際立たせるほどの見事さはないから、他人から見ても別に面白みのあるものでもない。働いたところは中小というより〝名もない零細企業〟でもあることによって、職人としての技に優れたものを持っているというものでもない。

しかし、一九三五年、昭和でいえば十年生まれで、現時点（二〇一八年）八十三歳になって、三途の河の川音が聞こえるところまで来て、振り返って言うに「いい人生だった」と言っている。「何より働くことが楽しかった。その中にはいろいろな人に出会うことがあった」とも言う。

働き始めから尋常なものではなかった。平成天皇より一年二カ月遅れで生まれたために同世代であった彼は、終戦の時、十歳で小学五年生であった。東京の下町に住んでいたために三月の東京大空襲に遭い、逃げまわったあと山形に疎開し、かの地で餓鬼の生活を送った。戦後の新しい学制のもとで、「新制中学」の一期生になった。これは日本中の少年がなべて経験したことであるから、別に変ったことではなかった。

中学校を卒業すると近所のガラス工場に就職し、夜間高校へ通った。そのころは日本中が貧しく、その中でも彼の父親は、空襲でそれまでの貧がさらに貧になっており、戦中に妻が病死したこともあって元気がなかった。

相楽満はその初めての勤め先を、理不尽な理由で解雇されたのが、彼の人生を破天荒にした出発点となった。（このことのいきさつは『右のポケット』（文芸社）として小説化されている。）

「十三年」「春が来たとき」は、相楽満の尋常でない人生の四十歳前後の一画で、自分の人生を下敷きにしながら「労働者が働くこと」というものはどういうことなのかを考えたことを記したものである。

思い返してみれば、相楽満が働いていた半世紀前とは、日本の労働者の環境も随分と変わった。先の大戦以来、世界的に「人権」というものを重く見る歴史の流れがあった。それはそういう歴史を動かした人々の努力の結果であろうと思われる。

しかし、それもまだ理想の域には到底及んでいないのも現実である。この本がそうしたことを考えるきっかけになれば幸いである。

十三年

十三年

相楽満は、正月の横浜駅のざわめきの中でウロウロしていた。前日に伊勢の松阪の在から何年振りかで上京し、川崎の兄の家に行き、亡父の法事の打ち合わせをした。電話で済むことでもあったが、もともと東京生まれで若い時働いていたのも東京であり、そのころの連中から「一度出てこないか」と言われていたので、ついでに兄と逢ったという方が正しかった。お寺との折衝は、お墓に一番近い弟にやらせることが決まっていたし、兄の家での用件は、あとは費用をどう負担するかということだけだったので三十分で済み、その後の話はお互いの今の暮らし向きのことが主要となった。

満はそのあと大森の旅館に集まっていた昔の同僚数人と一夜を過ごした。満以外はそのままその会社に勤めているが、会社が大きくなるにつれて千葉や厚木など勤務先が分かれ、分散していたので、彼らにとっても久しぶりの邂逅であった。「昔を思いだして徹夜マージャンでもやろうか」という話であったが、それすらも惜しんで満の選んだ道について話し込んでしまい、横浜駅の〝ウロウロ〟には変ってしまった駅舎にとまどっただけでなく、いささかの寝不足のせいもあった。

「ちょっとすみません。電話はどこでしょうか」

「……………」

「え？」

売店の開店準備をしているおばさんに尋ねると、何かを言ったから聞こえたのではあろう。しかし新聞や雑誌を並べる作業の手は休めず、顔もこちらへ向けないのでよく聞き取れなかった。

「電話は？」

「まっすぐ行って、改札の右」

耳をそば立てていたのでひとりごとのようなつぶやきも、今度はわかった。何も買わずに尋ね事をしたので機嫌が悪いのかと思って礼を述べながら新聞を指すと、眼だけ動かして「百円」と言い、カウンターの上の硬貨を確認する時だけわずかに顔を動かした。

〝無駄のない動き〟という言葉がある。効率を旨とする今の社会でよい動きや態度を表す。囲碁の世界でも〝無駄石〟というのは最悪のものとして嫌われる。

満は、効率の権化のおばさんに教えられた方向に歩きながら、一月の寒さ以上に寒々とした空気を感じながら、おのぼりさんがそうするように行き先を確かめるべくキョロキョロとした。百万都市の表玄関口の正月となると、さすがに人があふれるほどに行き来している。

「相楽さん？　相楽さんじゃありませんか」

雑踏の一角が映画のスローモーションのように割れて、一人の婦人が幼稚園児くらいの子の手を引いて現れた。雑踏の音も動きもすべてが消えて、その人だけがこちらを見ている。ものを言う時背伸びするような仕草が、昔に会った娘をかすかに思い出させた。

「あ」

「吉沢綾子です」

満はその人の向こうに、青春時代の数々が一瞬のうちに蘇った。

「奇遇ですね。よくわかりましたね」

「メガネがあの時と同じです。雰囲気も変わっていません」

満の世代はこのような時、たとえ人目がないところであっても抱擁する習慣を持っていない。

相楽満の青春時代は羽田飛行場の近くの機械製造工場の一隅にあった。青年というものはいつの時代にも時の流行に遅れまいとする。満たちは、がらんとした夕方の社員食堂の片隅に十余人が集まって、オーバーのポケットに手を突っ込みながら、外国の恋の唄を歌った。楽器などはなかった。

「うたごえ運動」というものがあって、満たちのところへも労働組合を通して、大学生が指導に来ていた。

黒い瞳の若者が
わたくしの心を
とりこにした

日本の恋は〝忍ぶ恋〟であり、恋歌は別れの歌でもあったので、このような歌詞は新鮮なものに思えて、満たちは高校生のように張り切った声を出した。そこへ顔を出していた三人の女性社員の中に木田美恵がいて、二人は休みの日に横浜の外人墓地や、港が見える丘公園などを歩いた。そのころ満は川崎に下宿しており、木田美恵は横浜から出る私鉄の沿線に住んでいたこともあった。

そんなある夕、そこで別れるべくふたりで横浜駅のプラットホームに上がった時、一人の少女が足早に歩いてきて、満とぶつかりそうになった。少女はダンスのステップを踏むような軽やかさで身をかわすと、木田美恵と目が合い、会釈して過ぎた。

「後輩です」

木田美恵が言った。

木田美恵は日常の仕事が、書類の整理やお茶くみなどであることについて不満を感じていて、たまの逢瀬でもいつもそのことを話した。

「一年経っても変らないんです。これでは何のために高等学校まで行って英語を勉強したり、もともとない才能を鼓舞して幾何などに取り組んだのか途方にくれます。すべて無駄だったとは思いたくない」と言い、また「もっと精神を消耗するような、未熟は未熟なりに社会人の一員になったという思いが残る仕事がしたい」とも言っていた。

木田美恵は「両親が私の給料をそっくり貯金しておいてくれたので」と、保母になるための学校へ行った。その後学校の勉強の様子とともに、希望に燃え、肌の色まで輝きだしたような手紙を幾度かくれた。しかし、やはり人というものは逢瀬がないと疎遠になるものらしく、彼女の境遇をうらやましく思いながらも返事が途切れがちになった。

満はその工場にたどり着く前、東京の下町のガラス工場で働きながら夜間高校へ通っていた。

ガラス工場は理不尽な理由で解雇され、後は学校どころではなく、その日を食うために職業を選ぶなどという贅沢もないままにここまで来てしまっていた。が、五年も経つと食うだけではない暮らしも少しは出来るようになって、〝夏は山、冬はスキー〟に稼ぎを回せる生活があった。

いったいにおカネがかかる遊びというのは面白い。その点スキーは雪のあるところへ出かけなければいけないからお金がたくさんいる。満は冬のボーナスは年末から正月の間に使い果たし、そのあとは夏のボーナスを抵当に借金をして出かけた。

経済的に豊かになる――生活水準が上がるということは、身の回りの色彩も豊富になるものらしい。スキーのゲレンデは年ごとに華やかなものになっていった。特に若い女性が多く見られるようになるとその傾向が増した。

満が通っていた会社は新潟のスキー場に保養所を持っていて、安いこともあって暮れから正月にかけては多くの社員が行った。多いというのは初心者が多いということであって、その期間は初心者を並べて、そのころ流行の『スキー学校』のようなことをし、〝ヴェテラン〟といわれる者たちが交代でコーチまがいのことをした。満は経験だけは長いのでその〝ヴェテラン〟の一人となっていた。

そんなある時、女性社員の一人がスキー板に靴を固定する金具を緩めてしまって、滑れない状態になった。板に靴をしっかり固定する道具もあったが、それだと転倒した時に骨折する危険もあったので、初心者は緩みやすい方を選んでいたこともあった。

「リフトの乗り口まで行って修理してきましょう」

満は自分のと彼女のスキー板を担ぐと先に立った。

「相楽さん」

満が「滑るから気をつけてください」と前を見たまま言った時、後ろから声がかかった。

「わたくし、相楽さんをずっと前から知っています」

ゲレンデの端に一本の細い踏み跡がついていて、満はスキー板を担いでいるので、その娘との距離は二メートルほどある。高さも少し高い。満からすると舞台に立つ俳優を見上げるような位置で、そこからのび上がるようにしてそう言うと、ゴーグルを上げた。雪に反射した光が実際の陽光よりも明るく照らした中で目が輝いていて、いたずらっぽく微笑した。

「さあ、僕は知りませんが」

「吉沢綾子と言います。名前はご存じないかもしれませんが、三年前、相楽さんは木田先輩と横浜駅を歩いていました」

その会社は戦後の出来星の成り上がりではなく、明治の創業という伝統があった。伝統は一面では古い体質をたくさん持っていることでもある。その一つに、社員・工員の身分差というものがあった。江戸時代の町人が武士になれないと同じく、工員は社員＝職員になれなかった。日常的には会社へ入る門が別々であった。社員は羽田飛行場へ向かう幹線道路に面した正面から入り、工員はそこを迂回して、トラックなどが出入りする門の脇の木戸から出入りした。だから仮に吉沢綾子が横浜駅のプラットホームで遭遇した娘さんで、同じ会社に入ったということを事前に知っていても、仕事上で接触がない限り満は彼女の顔を見ることはなかった。

「そうでしたか。あの時の学生さんでしたか」

「相楽さんのことは木田先輩から聞いています。最近は先輩とお会いになっていないそうですね」

「木田さんは水を得た魚のようでしょう。羨ましく見ています。僕はこうして遊ぶのに忙しくて」

二人は踏み跡が広くなって、坂が緩やかになると並んで歩いた。修理が始まった時、満はあの時の吉沢綾子の足さばきを思い出した。

「吉沢さんはダンスをしますか」

「ソーシャル・ダンス？　いえ、しません」

「横浜でお会いした時足さばきが軽やかでした」

「卓球をしてました。そのためだと思います。木田先輩は部長でした」

「卓球は野球の甲子園みたいな全国大会があるんですか」

「ありますけど、わたくしたちは県大会に出るだけのレベルでした。でも部活動があるために先輩後輩の絆が作られます」

「この月末に食堂でダンスパーティがあるのをご存知ですか」

「そういえば隣の課の奈美ちゃんが行ってみようよと盛んに言ってました。相楽さんも関係あるのですか」

「表向きは近在の『青年労働者の交流』なんて大きな看板を掲げていますが、バンドの連中がやっとひとに聞かせるようになりましてね。彼らを助けてやろうとなったんです。ほかの会社の人たちも来ます。スキーも面白いものですが、ダンスもいいものです。良かったら来てみてください」

「でもダンスなんて踊ったことがありません」

「簡単なことです。音楽に合わせて体を動かしてしていればいいんですから」

「決まったステップだってあるんでしょう」

「ワルツとかタンゴなど難しいものはやりません。まず音楽に合わせて滑らかに踊っているペアを見つけることです。その男性に目をつけるんですよ。ダンスは男の方から誘うことになっています。だからその男性に目をつけているとその人が誘ってくれます」

「そういうものなんですか」

「そうです。そういうものなんです」

　満はそう言いながらも自分自身で不思議な思いに浸っていた。向こうではそうではないと言っているものの、初対面の娘さんに今までこんなに喋ったことはなかった。自身の意思に関係なく口から言葉が勝手に出てくるのに驚いていた。木田恵美と会ってもしゃべるのは恵美の方だったし、そのことを言われて「十六の時家を出て、ずっと一人だったからあまり喋らなくなったんですよ」と返事をしたこともあった。

「男は女性から見つめられると誘わなければいけないと思うものなんです。そういう男性は上手くリードしてくれますから、彼の動きに合わせて音楽に合わせて動いていればいいんです。余分なことを考えてはいけません。ただ音楽を聞いていればいいんです」

「そういうものなんですか」

「そういうものなんですよ。僕が滑らかな動きをしていると見えたら、見つめていただければ喜んで手を取りに伺います。ダンスもいいものです。初対面の男と女が手を取り合っても不自然ではありませんし、その人に囁いてもいいし、囁かなくても不自然になりません」

　いずれにしても吉沢綾子と横浜駅は偶然が重なった。

「今日はどちらへお出かけですか」

駅の一隅にある喫茶店に座った時、吉沢綾子が言った。

「小林茂樹という男を知っていますか。スキー場ではだいたい私と一緒にいた男です」

「ああ、あの方なら知っています。実家の二つ先に家を建てた、確か東京＝工場＝の製造部門の課長さんでしたね」

「彼のところで碁を打つ約束をしましてね。ここを乗る時連絡したら向こうの駅まで迎えに来るということで、電話機を探してウロウロしていたところです」

「わざわざそのために来られたんですか」

「まさか。ちょっと兄のところに所用がありましてね。しかし、そう言われると上京の五割くらいは小林に会うためのようですね。永いこと会っていないから」

「それは…。積もる話もあるでしょうね」

「碁というのは不思議なゲームでしてね。一局打つのに一時間半か二時間程のものですが、時としてはその間いろいろな雑事を話し合っているよりも、もっと深いお互いの気持のやり取りができることがあるんです」

「そうですか…。それは…」

吉沢綾子が言いかけた時、幼児がケーキを少しこぼした。「お子さんは一人ですか」と言うのに「上に娘が一人。母が離さなくて、学校が始まるまでに送るからって」と答えながら子の面倒をみる様子は、すっかり母親が板についていた。満は、その横顔に若い日の面影をたどっていた。

「吉田さんが東京（工場）へ戻られましたね」

吉沢綾子は顔をあげると言った。

「取締役工場長だそうですね。出世されましたね」

「……だそうだって、あ、相楽さんは「工業所」をおやめになったのでしたね」

「よくご存じですね」

「ウチから聞きました」

「晴彦は…、あ、すみません」

「いいんですよ。そう言ってくれた方が」

「大崎くんは、いま何を？」

「副委員長をしています。昨日までわたしの実家にいたのですが、新年会とかで夕べ先に帰りました。もうすっかりダラ幹」

〝ダラ幹〟とはまた古めかしい言葉である。

かつて労働運動が激しかった時、指導者の多くが一般組合員の気持ちにおもねって戦闘的な言辞を弄《ろう》する中にあって、現実的なことごとを述べると、〝ダラ幹＝だらしのない幹部〟と呼ばれた。いまは大崎綾子となっている吉沢綾子は、その古い流行語で、現在の労働組合とその幹部の状況を表現するとクスッと笑った。大崎綾子の笑いには意味があった。

大崎晴彦は、戦後世代を代表するような目立つ長身と、その長身に見合う腕を高く掲げ、あるいは額にかかる髪を掻きあげながら群衆の前で演説する姿は一幅の絵であった。男でもほれぼれすることがあった。いったいに背丈の低いことを不幸の一つとしていた満には羨望の目も加わっていた。「晴彦は楽器は下手だが口は達者だからマネージャーをやらせているが、パーティ・チケットでの税務署との交渉は見事だ」とバンド・リーダーの黒田祥三が言っていた。

その頃は国も貧乏で、お金の動く所にはすぐに税務署員が駆けつけ、「ダンスパーティも興業だから税金を払え」と言った。大崎晴彦は「新年会や忘年会でカネを集めたらそれも税金を払うのか」と応じたらしい。そういう才能もあった。

「それでいまはどこへ？」

「勤め先？　伊勢の松阪の町工場。会社とは天と地の零細企業でしてね。従業員も八人しかいません。弁当を持って通っています」

大崎綾子は伊勢湾の地図を頭の中に描いているのか「四日市よりずいぶん奥ですね」と呟い

た。四日市という地名は、前年の春まで満がいた、彼らがかつて同僚としていた会社の子会社のあるところであった。

満も「そう、田舎です。田舎の町工場」と、呟きと同じ大きさで答えた。

「相楽さんは、まだあのことを怒っていらっしゃるのですか」

満の転職に、十人のうち九人以上が「どうして?また」と問うのに、大崎綾子はそういう言い方をすると正面から見つめた。

「そうそう拘《こだわ》っている訳にはいきません。それにずいぶん昔のことです」

「十三年です」

「そうですか。そうすると貴女にお会いするのも十三年ぶりということになりますか」

「はぐらさないでくださいな。相楽さんはそんな方ではなかったはずですわ」

座っているので、ものを言う時伸びあがるような仕草は見られない。しかし、テーブルの下の脚は、きちんと揃っているに違いない。満はそれを見てしまったかのように目をそらした。

駅から山手の方に伸びている私線に乗って郊外へ出ると、車窓は、土地や住宅の売り出しを知らせる旗が連なってはためいていた。それらは電車が一つの丘を越えると、また新たなものが現れ、途切れることがないように思われた。

満はぼんやりそれを眺めているうちに、旗がだんだんと赤く染まっていって、大崎綾子が言った十三年前の光景がスクリーンに映し出されるように現れた。

一九六六年、昭和で言えば四十一年の五月のことである。相楽満はその時労働組合の書記長をしていた。

五月の初旬、労働組合は遅い『春闘』のさなかにあった。要求は『賃金引き上げ』が主要で、他に『労働時間の短縮』と『社・工員の身分差の解消』であり、会社の回答は『賃金引き上げ』では、その時期の世間の様子からして遜色のないものが出ていた。『時間短縮』では日常の時間を多少操作するものの「隔週土曜日の休み」とし、『身分差の解消』は継続協議というものであった。

客観的に見れば大変な成果と言えた。それは『時間短縮』の項一つをとってみても、その後の社会が土・日休日となってゆくように、その流れを先取りしたものとして評価されるべきものであった。それというのも、会社の最初の回答があった後で行われた『ストライキ権の投票』で九四パーセントの賛成というものがあった。

その会社では、戦前に大きな、東京中を騒がすような争議があって、労使ともに大変な経験をしていた。その免疫が戦後の〝労働争議華やかな時代〟にもずっと効いていて、その時期も今もストライキをやったことがないという稀有な歴史を持っていた。『春闘』を世間では三月に行うものを、遅れて五月にやっているというのも、そうした知恵の一つと言えた。見方によってはまことにずるいやり方とも言えるが、それによって「労使協調の実があがっている」(会社の労使関係に関するの言)のであればそれはそれでいいのかもしれなかった。

二、三年前から免疫が薄れてきた兆候があった。まず『六十年安保闘争』というものがあった。主題であったアメリカとの「安全保障条約」の破棄は時の国際情勢からして実現するものではなかったが、国鉄労働組合のストライキなど大きな運動についても、終ったあと従来のような陰惨な復讐じみた締め付けがなかったし、何よりもそれによって退陣した岸信介に代わって、池田勇人は「もはや戦後ではない」と言って登場し、彼が掲げた「所得倍増計画」は一気に日本を明るくした。

満たちの日常も、〝何はともあれ食うこと〟から少しずつ離れ、遊びも多彩になっていた。家族持ちの人々はまだ余裕がなかったが、若い人たちはオートバイに乗ってツーリングやキャンプに出掛け、或いはバンドを組みダンス・パーティを催して資金を調達する者も出てきた。そういう連中は自己主張をする者たちでもあったから、それぞれのグループのリーダー格の者が労働組合の執行委員として名前を見せるようになった。満が書記長のその時はとくに多く、彼自身を含めて二十代・独身が委員長以下執行委員十九名の三分の一を超えていた。彼らはすべて免疫を持っていなかった。また彼らの多くは養成工の出身であった。中学卒業で養成学校

に入り、学業と実技を学び夜間高校も卒業した。その中心に大崎晴彦がいた。年は満より三、四歳下であった

五月の七日のことであった。連休前に会社の回答があって、お互い少し冷静期間を置こうと、連休を水入れのようにして、明けてのその日の夕刻に「交渉」が行われることになっていた。そこで会社の答えがそれ以上伸びないとストライキに入るという予定になっていた。

満たちは、見たことはあるが自分たちはやったことのない〝ストライキ〟というものに緊張していた。

その会社の労働組合は、日本全体の労働組合を束ねている「労働組合総評議会」（総評）の傘下にある職業別の組合連合——私鉄とか鉄鋼とか——の一つである金属組合に属していて、連合を「本部」と言い、満たちの組合はその「支部」という形をとっていた。そこで連休中に委員長ともども本部に出向き、現状報告を兼ねてストライキに入った時の対策について打ち合わせした。

満はそれでも落ち着かなかった。準備することが沢山あるようでありながら、どういうことをすればいいのか見当がつかないでいた。

時間ははっきり覚えている。十時少しすぎた時である。「すぐ来てください」という吉沢綾

子からの社内電話があって、指定された応接室へ行った。

「相楽さん、大変です。これ……」

立ったままの吉沢綾子から差し出された紙が小刻みに震えていた。字がかすれているようなところがあって見づらかったが充分に読めた。

後で聞くと、吉田智副委員長の席外からの電話があった時、吉田智設計主任の前の席にいる女子社員がたまたま席をはずしていて、隣の係の吉沢綾子がとった。

「だれ?」

「吉沢です」

「君でいい。すぐ来てくれ。応接の一号」

行くと、この紙を至急五枚コピーするように言われた。文面を見て気が動転し、最初の失敗した一枚がそれだと言う。

『社員組合設立趣意書』の下書きであった。字の癖で書いた人の名前もわかった。

「ありがとう」

満は、どこで手に入れたかも聞かずに立ったまま受け取り、そのまま部屋を出ようとドアのノブに手を掛けた。

「あの……」

「え…」

「大崎さんにも言っていいでしょうか」

満は、紙の内容よりも驚いた。後ろ手にノブを持って身を支えてこらえた。

「それは、ちょっと…」

満は体を立て直すと同時に、頭の中の混乱を懸命に抑えた。

「誰にも言わないでください。お願いします。せっかく知らせてくれたのに申し訳ないことですが」

吉沢綾子は、小さな声で「はい」と言うと、恥じらうような赤みを顔に出して下を向いた。

満は吉沢綾子のスキー場で声を掛けられて以来、幾度か社内電話を掛けようかとしたがそのたびにためらって、いろいろな催しに出てくる活発な鈴木奈美に言付けしてダンスパーティやキャンプに誘った。ダンスパーティでは知らない者同士ではないので誘えばペアを組んだが、どういう訳かフロアに出ると以前の時のように言葉が出ないばかりでなく、囁くこともできなかった。

その年の年末年始の休みには恒例のように満は新潟・池の平の保養所に行き、吉沢綾子も来ていたが希望者が少なくて〝スキー学校〟はなかった。それでも立ち話であったが挨拶以上の話はした。

「この後の予定はできているんですか」と吉沢綾子は言った。

「月なかに上州へ日帰りで行くかもしれませんが、あと二月の初めに蔵王に三泊四日で行くことは決めています」

「蔵王って…。樹氷の蔵王？」

「ええ、そうです。山形の。前から行ってみたいと思っていたんです」

「わ、すばらしい。私も樹氷を見てみたいわ」

吉沢綾子は「つれて行ってくれますか」とは言わなかったが、「ゴンドラの終点からだいぶ上へあがる予定です」と「あなたには無理だ」と言わんばかりの木で鼻をくくったようなことを満は言ってしまった。それでいながら「コンドチカイトコロヘフタリデイキマセンカ」という何度も口の中で確かめていたワンフレーズを、喉のところまで用意しながら、そこに堰があるかのごとく越えて伝えることができなかった。

鶴田浩二の唄う歌の一節に「――ほんのひと言　あの時に言えばよかった―」というのがある。その一言を言うことが幸せになるのか不幸になるのかはわからない。思えば「相楽さんを前から知っています」と言われてから三年が過ぎていた。

吉沢綾子がいる新館と、労働組合の部屋がある旧館とは長い廊下でつながっていた。そこを速足で歩きながら胸の内を風が吹き抜けてゆき、自分が蝉の抜け殻のようになっているのを感じていた。

「大崎晴彦か…」

満がつぶやいた時、呼びにやった田中委員長が書記局室へ入ってきた。

組合員はその時期、おおよそ三千人いて、おおざっぱに本社＝営業所を含む、設計、業務。東京工場＝場所は本社の同地。横浜工場それぞれ千人ずつとなっていた。委員長が東京工場から出れば、本社、横浜は副委員長が出、執行委員もそれぞれが三分の一を選出していた。

田中委員長は五十歳を間近にした温厚な人で、席は東京工場にあった。満は田中委員長を別室へいざなうと、吉沢綾子から渡された紙を出した。

「やっぱり、こんなことか」

田中委員長は呟くと、手近にあった椅子に力なく腰を落とした。

「知っていましたか」

「うむ。会社が変な動きをしていると知らせる者がいた」

田中委員長は、しばらく虚空を見ていたが、指を二本唇に持って行き、「持っているかね」と言った。満はポケットから煙草を出しながら言った。

「いいんですか」

満は田中委員長が苦労して禁煙の域に達したことを知っていた。田中委員長は満の差し出すライターの火をタバコと紙にもつけた。そして胸を力なく叩きながら言った。

「ここにあるものを煙と一緒に吐き出したい」

田中委員長は一つ煙を吐き出すと火を消して目を閉じた。

「相楽君、終ったね」

「はい、終りましたね」

満はもう一つのことも込めて言った。

「誰にも言っていないね」

「はい」

「おれたちも知らないことにしておこう。そうしたそぶりに出してもいかんよ」

「わかりました」

田中委員長は「九四パーセントの総崩れか」と言いながら机に手をついて体を起こすと、その時気がついたように「誰？」と紙の入手先を聞いた。満は吉沢綾子の名と、彼女の勤務場所を言った。

「池の平のスキー場で一緒になったことがあるんです」

「ほう、君もなかなかやるねえ」

田中委員長はそう言いながらも、それには関心がなさそうに形だけ微笑した。そして言った。

「交渉に入る前にメンバーだけで打ち合わせする。十五分くらい。応接を三十分前に取っておいてくれ。私は先に行っている」

会社の回答は、半歩の譲歩もなかった。労働組合は進退きわまってしまった。ストライキに入れば職員組合ができて分裂し悲惨な日常になるが、妥結するには九四パーセントの投票を裏切ることになる。

田中委員長は前進のない回答に応えていった。

「今回の回答に対して組合員がどのように思っているかは、あなた方も十分わかっているはずであると考えていたが、それに対する配慮が見られない。そのへんのことを交渉に当たる者として大変悲しく思う」

交渉の席は「労使協議会」と言っていた。メンバーは会社側三人。総務部長、東京・横浜の両取締役工場長。労働組合側は委員長、副委員長二人に、会計、書記長の五人。それにそれぞれ書記が一人ずつ付く。田中委員長は吉田智副委員長を除いた他の二人のメンバーには、吉沢綾子のもたらした紙のことは耳打ちしてあった。また、事前の打ち合わせで「微妙な局面に来ているので、この交渉では自分ひとりが発言をする」と念を押していた。

田中委員長は続けた。

「賃金および時間短縮については、前回にも言った通り現今の内外の情勢のもとにあって十分に検討されたものだと受け取っております。それでも組合員になお不満が残っているのは何か。その辺のことについて、今日の会社の返事を持ち帰って最終的に組合員の判断を仰ぐ前に一言言っておきたい」

満は田中委員長が禁煙を破って言った一言を思い出した。

「ご存じだと思いますが、今従業員の中で自家用車に乗って通っているものが三名おります。一人は本社の女子職員で父君のワーゲンのお古と聞いております。後の二人は大石という私の職場の同僚で、日産・ブルーバードの中古と、もう一台はここにいる相楽君の新車のパブリカです。ワーゲンは表通りからそのまま正門を入って噴水の横の駐車場へ行きますが、あとの二台の国産車はそこを通り越し、脇道に入って、車で木戸はくぐりませんから、守衛さんに門を開けてもらって入ります。どうです、変だと思いませんか。

自家用車というものは大変いいものらしいですね。相楽君がその支払いにどのような苦戦をしているか知りませんが、そんなことなど問題にならないくらい素敵なものだそうです。これは噂ですから何とも言えませんが、今年中にはもう二、三台自家用車が現れるというのもあります。どうですか。噴水の脇の駐車場に従業員の自家用車がずらっと並んだら、表通りを通る人が「すごい」と言い、新聞種になるかもしれません」

相楽満の名前が出た時、向こう側から「ほう」という声が上がった。

「私が言いたいのは、菜っ葉服を着て弁当箱をぶら下げ、くわえ煙草で木戸をくぐる職工などは今はなく、ネクタイを締め革靴を履いて、自家用車で出勤する従業員が現れる時代になったということです。しかし、身分は菜っ葉服の時代のままだということです。

通勤口のことだけではありません。ボーナスの社・工員配分という大きな問題があります。高校を卒業した女子職員が職員と言うだけで有利な配分を受け、一方、国の技能士一級の資格を持った人が、家族を持っていながら工員というだけで不利な配分を受けるというのは正常とは思われません。女子職員はどうでもいいというのではありません。製造会社で根幹を担っているものがおしなべて不利な扱いを受けている、また、それが制度として定着していることが問題なのです」

「男女平等が憲法で謳われてから二十年になります。現実には定着しているとは言えませんが、そういう時代に、江戸時代まがいの身分差がいまだ生きていることが問題なのです。これは何も工員だけのことではありません、職員籍の者にとっても会社が人を見るのにそういう眼を以てしている、ということに時代にそぐわないものを感じているのです。私たちは労働組合員である前に、この会社の従業員でありますから、会社が発展してゆくことを心から願っています。そのためにも、会社は時代というものをもっと認識していただきたいと思って、少々長く喋りました」

交渉メンバーは「たとえ争議に入っても会社から譲歩を引き出すことは難しい」として妥結する方針を言ったが、執行委員会はその方針の変化に当然反対するものが多かった。囲碁でいえば圧倒的優勢な局面を、それも終盤になって投げたようなものであった。大逆転の奇手を見せられれば誰でも納得するが、それを見ていない者にとっては急な方針変更はどうしても不自然に見える。

〝何かあったのか〟の〝何か〟を聞かせてもらわねば納得しないというのも無理はなかった。

執行委員会は夜を徹して話し合ったがその何かを明らかにできないのであれば意見の一致に至りようがなかった。田中委員長は夜が白む頃「執行委員会として意見の一致を見いだせない以上辞任するより仕方がない」と、ストライキ権を確立した組合大会の議長に身柄を預ける提案をし、その会を終えた。

満は専任であった書記長職を解かれて現場へ戻った。戻る前に、書記局に誰もいない時吉沢綾子に社内電話した。

「ありがとう。お陰さまで助かりました」

「ありがとうって、あれでよかったのですか」

「そうです。そちらからは返事をしないで聞いてください」

「はい」

「実は委員長も僕もあの回答で終息しようと思っていたんです。ただし組合が勝利したような形にしてね。しかしあなたが知らせてくれたおかげで、そんな悠長なことはしていられないとわかりました。知らなかったらこの会社はお互いの不信の淵に沈んで地獄になっていたでしょう。今ももめていますが、一週間か十日もすれば収まって、三カ月もたてば何事もなかったようになるでしょう。本当に助かりました。ありがとう。ただ、これからも人には言わないでください」

吉沢綾子は「はい、わかりました」とだけ短く答えた。

満は二つの張り合いが同時になくなって、ぼんやりすることが多くなった。無性に吉沢綾子に会いたくなることがあった。それも雪山で出会ったような形で。車を運転していても、あらぬことを考えていてハッとすることが幾度かあった。

そんな夏のある日、事前の連絡もなしに義兄がいきなり工場へ訪ねてきて、「助けてくれないか」と言った。

義兄は東京の江戸川区で小さなクレーン工場を経営していた。従業員は確か十人もいなかったはずであった。そんなところにクレーンを注文する会社も少なく、大きな会社のクレーンの修理などをして湖口をしのいでいた。

「△△重工から」と義兄は一流会社の名を挙げた。

義兄の言うのには、そこで修理をしている時に、新設工場の「クレーンを見積らないか」という話があって、出したら一番安値で、「出した以上、ほかの競争相手の値段を引き下げるためにも七台のうち二台は引き受けてくれ」ということになった。スパン（レールとレールの間の長さ）三十メートル。今の工場にはとても入らない大きさだという。

「それを作ってもらいたい」義兄は汗を流しながら言った。

「急に言われても…。こんどの日曜に見にゆく」

「はっきりした返事をもらわないと困るんだよ。工場長に頼んでくる」

「強引だな」言いながらも満は堀井主任のところへ案内した。のちに、その会社の社長になるだけあって堀井弘樹は話を聞くとすぐ言った。

「実はいま会社で、三重県にある倒産会社を引き受ける話が出ている。まとまればそこへ行く者として、ここからは相楽君と決めたところだ。お兄さんは運が良かった。相楽君は今あることで悩んでいる。よそへ行っていろいろな経験をしてくるのはいいことだ。助けてあげなさいよ」

義兄は礼を言った。

堀井主任は満に向かい言った。

「困ったことがあったら相談に来なよ。その代わり、またこちらから頼むことがあるかもしれない」

満は自身の雑事を考える時間をも割いて働いた。人手はそれまでの知己を頼り、さらにその知己の知己にまで手を伸ばして、まず「△△重工」の注文を完成させた。向こうの担当者は義兄の会社の現状を知っていたので、「奇跡ではないか」と喜び、その後沢山の仕事を回してくれた。

満は一段落をすると、かねてから紹介されていた陽子と結婚して、新婚旅行は自家用車で『奥の細道』の道をたどって東北を一周した。義兄は約束によって家を建ててくれた。

義兄の会社は順調に業績を伸ばした。△△重工ばかりでなく、以前の会社もその会社に見合う仕事が出ると情報を流してくれた。人手も増え二年目に入ると工場も建て、三年目には事務所も建て直した。

満は受注生産による仕事の波を緩和すべく標準化を進め、コストの削減をはかった。それを財閥の看板を背負った会社のひとつが眼をつけ、共同生産の提案をしてきた。それがまとまる近くまで協議は進んだ。

ある日、担当者が深刻な顔をして満を呼んだ。

「相楽さんが代表者になっていただくといいんですがね」

義兄は早くに帰化しているが朝鮮人で、しかも北の出身であった。財閥の看板を背負った会社というものはそういうことを全くよく調べるものであることに感心した。しかし感心しているうちはいいが、そのような発言はどうしてか漏れる。義兄は「満が会社を乗っ取ろうとしている」と言い、姉に「お前がそそのかしているんだろう」と目を三角にして荒れた。

満は「困った時は来いという言葉を思い出して来ましたよ」と、その時は課長になっていた堀井弘樹に会いに行った。

「ちょうどよかった。四日市に行ってくれるか」

「注文はありますか」

「何もない。設計出身だから工場のことを知らない工場長を君なりのやり方で助けてやってくれればいい」

倒産した会社というものは、やはりそれなりのものを持っているのである。言い訳をする人がたくさんいた。東京から行った人も居丈高にふるまっていた。よって彼らは「進駐軍」と呼ばれた。満は派遣されたものではないが、進駐軍の片われであるから優遇はされた。八年たって製造課長になっていた時、かつて労働組合の同じ交渉メンバーであった吉田智が専務取締役として赴任してきた。社長は親会社の重役の一人が兼ねていて常駐してはおらず、実質的な責任者であった。

満にとっては奇遇と言えるが、喜び合う間柄ではなかったので、二人はかつてのことはお互いに一切口にしなかった。しかし、吉田智専務にはこだわりがあったらしく、満は製造から外され、工事課に、次いで営業に回された。営業は義兄のところで経験し、その面白みも知っていたので慌てふためくことはなかった。

改札の向こうで小林茂樹が、満を認めると小さく手を挙げた。その仕草は昔と変りなかったが、顔は中年になっていた。満は小林茂樹との付き合いの長さを思った。

機械は、おおむね鉄でできている。自動車も電車も船も、そして橋なども。それらの素形はいもの師か、むかし鍛冶屋といわれた鉄工が作る。いもの師は木型を砂で埋めて、木型を抜いたあとに溶けた鉄を流し込み、鍛冶屋は鉄板を裁断したり、貼り付けたり（溶接すること）して作り、それを機械工が加工し、仕上工が組み立てる。機械はすべて上の四つの職人の手を経てできる。その区分に入らない、検査とか運搬などに携わる人を「間接工」と言い、その当時その会社ではおしなべて「庶工」と呼んでいた。

ところで、正妻でない婦人から出生した子は〝庶子〟と言い、〝庶虫〟と言えばゴキブリのことである。そのころ元気のよかった『革新政党』は「われわれ庶民は……」と大声で叫んでいた。

「ああいう言い方はいやだな。〝国民〟が口幅ったいなら〝市民〟でいいじゃないか」

小林茂樹は工程係をしていたから〝庶工〟という区分に入っていたが、ある時そう言った。

二人はそれ以来親しくなった。スキーは満が教え、二人で山へ行き、囲碁は小林茂樹が教えた。

「似合うじゃないか。始めたのかね」

小林茂樹はゴルフウェアを着ていた。満が車に乗りながら言うと、

「いやあ、付き合い、付き合い。課長なんて付き合いと体裁だ」と乱暴に答えた。

「あ、そうだ。君だって営業課長だったな。しつこく言われただろう」

「課長という字は同じでも、親と子では格が違うよ。おれはゴルフは嫌いだ、で通した」

「営業はそんなにつらいかね」

「そんなことはないよ。逆だね。楽しいくらいだ。なにしろ人に会うのが仕事だからね。いろいろな人に会うのはいいもんだよ」

「それじゃ……」

「吉田さんが来たからではない。そんなことで、吉田さんには営業に回されたことを感謝しているくらいだ。ただね。吉田さんに限らず連中は一つのポストとして行くんだ。何年の約束なのかは知らないけれどいずれは戻る。だから三重県にいても東京を向いて仕事をしている。自分のいる期間のことだけで、後のこと、その会社の将来などは眼中にないんだ」

「なるほど」

「そこに根を置いている人間にとって、展望というか、〝将来〟がないというのは耐えられないね。人生その日暮らしで、無駄に年月が過ぎてゆくような気がした」

「電話で〝無駄な暮らし〟と言ったのはそのことだね。うーん。それを聞くとわかるような気がする」

そんなやり取りをしているうちに小林家に着いた。二人は酒を飲まない。それがわかっているだけに、正月らしいあいさつだけで終わった。

「それで堀さん（堀井弘樹）には話したのかね」

小林茂樹は満の四日市行きのいきさつを知っていた。

「千葉へ行くと言ったら、家に来いというので池上＝地名＝に行った。前に一度邪魔したことがあるんだ」

堀井弘樹は新設された千葉工場の工場長に転出していた。

「東京へ戻る気はないかというから、東京は働くところではあるかもしれないが、人間の住むところではない、と言ったら笑っていた」

「定年になった年寄りみたいなことを言うなと言わなかったか」

「今の会社がね。従業員八人しかいないんだが、皆まじめでね。零細企業は地方の方がずっといい。休みの日に、キノコを採りに行くから来いというから行くとね、夕方それで一杯やりながら伊勢音頭を歌うんだ。天国みたいだよ」

「そのまま田舎暮らしを続けるつもりか」

「誘ってくれた社長からね「息子に〝商品の作り方〟を教えてくれ」と言われたんだが、何年かはわからないが、ある時期が来たらおれは無用になる。その頃になるとまた誰か迎えに来てくれるような気がする。今までそうだったからこれからもそうなると思う。幸いなことに、カミさんはご存じのように貧乏暮らしに慣れているから、少々貧になっても大騒ぎしないので助かる」

　小林茂樹は「仙人みたいだな」と笑ったが、しみじみと自分のことを言った。

「しかし、会社も変ったよ。俺みたいな夜の大卒がストレートより早く課長だからね。少しずつ変わってゆくから気が付かないが、時を措くと歴然とする。いつから変わり始めたかと考えるとね、九四パーセント騒動からのような気がするのだよ」

　満は「十三年です」と言った大崎綾子の眼差しを思い出していた。

春が来たとき

春が来たとき

一　八尾

「先週テレビでナマズの養殖のことをやっていたけど見た？」

「いや、見なかったな」

「養殖に成功したんだってよ。見に行ってみない？」

相楽満はそう言われた時「そう」とあまり乗り気でない返事をした。言われたのは京都市の南にある城陽市の砂利採取工場へ営業に出かけた時である。言ったのはその工場長・市原信也であった。

「富山県の八尾《やつお》というところらしい」

「八尾って〝風の盆〟の八尾のこと？」

「うーん、そういえばテレビでもそんなことを言っていた」

満は「八尾かぁ」と言いながらも、かねてから見たいと思っていた〝風の盆〟に気持ちが動くのを感じていた。

「確か〝風の盆〟は夏の終わりと聞いていたから、そろそろその時期だね。詳しいこと、場所とか電話とかは聞いているの」

「そこまでは」

「先ほどの汚水処理の話で来週早々社長に会いに来なければいけないから、それまでに調べておいてくれる？　行くだけなら行ってもいいよ」

「そうしようか」

そんな立ち話をした時から一カ月ほど前、満は市内にある市原信也の家に誘われて泊まったことがあった。二人は夜でも酒がいらない同士でありながら、二十年来の知己のごとく、それぞれの現在の生活・仕事について語り合った。二人は四十を少し超えた同世代であった。満は三人の子があり、市原信也には子がなかったが、転職するなら今を措いてしかないということでは共通していた。

二人が話している砂利採取工場は、コンクリートに使う砂利や砂を砂礫層といわれる山の土砂を洗い、選別して商品にするところである。

もともと砂利や砂は河川や海が長い年月をかけて作ったものである。コンクリートも人がそれらをセメントと混ぜ、バケツで水をかけてこねて作っているうちは、リヤカーなどで河川敷へ行って拾うように積んで来ればよかった。

しかし、戦後、アメリカの広大な国土の中に建造物を作るために活躍した機械類が音を立てるように入ってくると、河川敷に重機が現れ、ダンプカーが走り回って、東京オリンピックの競技場を次々と出現させた。

せせらぎの詩的な音を立てていた河川は、そこを遡上する魚が道に迷うほどの穴ぼこだらけになり、激しいところでは橋げたの基礎が浮き上がってしまうほど掘られてしまっていた。

〝国破れて山河在り〟の日本国ではあったが、このようなことになってはさすがに国も慌て、規制の旗を立てた。だが、このオリンピックを契機として、焼け野原の東京をはじめとする都市の復興には膨大な砂利と砂＝コンクリートを必要とした。それらは三つの方向から来た。

一つは古い河川敷である。自然が自然らしく振る舞っていた時代、川は谷を抜けると、その時の水量によって勝手気儘に好きなところを流れた。自然の力というものは大変なもので「こんな小さな川が」というようなところでも、深く広く砂利や砂を残している。しかし、これらのところは平坦なところだから、すでに田や畑、あるいは住宅地になっており、そう簡単に掘れるところは少ない。

二つ目は岩を細かく砕いて、人工的に砂利・砂を作ることである。だが、砕いた石というものは石器と同じだから、角が鋭角になっていて、そのままコンクリート用材には向かない。日本人というものはこのような時、少しでも天然品に準ずるべく努力するもので、角をとる機械を作り出したりする。しかし、これも一キロ一円台という廉価商品には持て余すものであった。もともと砕石にはアスファルト用材や鉄路の基盤材としての役目があるから、コンクリートの方にはあまり来ない。

そんなことで、三番目の山砂利が注目を浴びることになる。砂礫層といわれるものであるが、人間がまだ日本列島に到着する以前に河川や湖沼であったところが地殻変動で、山、というより丘陵になっているところである。もとは一番目と同じ方式をもってできたものであるが、それから今に至るまでの長さが圧倒的に違う。その長さは風化の度合いである。目に見える形としては、砂以下の〝泥〟が二〇〜三〇パーセントとなって存在する。しかし、大量の水を使い、もみ洗いする機械を通すと、元の姿になり、天然の砂利・砂になる。

ちなみに、砂と泥の境は〇・一五四ミリで、今は完全ではないが、大量の土砂をここで分けることができる。

満と市原信也が話していた工場はそういう山の一つであった。満の勤めていた機械工場は、先ほど述べた洗い選別する諸機械を作っている会社であり、市原信也はそれを使う方である。

ここで「〇・一五四ミリ」という肉眼では識別できない数字の周辺のこと（市原信也が悩んでいることでもあるが）を説明しておく。

〇・一五四ミリという数字は一〇〇メッシュというヤード・ポンド法から来た単位のメートル読みである。一〇〇メッシュは何かというと一インチ＝二五・四ミリのマスを、〇・一ミリの鋼線一〇〇本で区切った時の開き目の大きさのことである。

イギリスで十八世紀後半に産業革命がはじまり、工業製品が大量に作り出されるようになると、それらの製品は規格化され、数字で表されるようになる。その産業革命の一つとして始まったコンクリート＝人工石も、その強度とともに原料も数字化された。

ところで、大量の土砂を、〇・一五四ミリという、そんな細かいところで分ける（「分級する」という）ことができるのかというと、「工業化」というものはそれを成し遂げるのである。先ほどの一〇〇メッシュの網を通すことができれば簡単であるが、そのようなものは一瞬にして目詰まりし、一枚板になってしまう。そこで水中に入れた時に、沈む時間と容器から流れ出す水量を調節することによってそれは可能となる。お米をとぐ要領と同じである。

原料の砂礫層の中に〇・一五四ミリ以下＝泥分はおおよそ二〇〜三〇パーセントの範囲にある。装置としての機械はその割合を二五パーセントとして設定されている。泥分が三〇パーセント近くなると洗浄水は重液となって〇・一五四ミリ近辺は沈む時間がなく流されてしまう。

しからば水を増やせばいいかというと、受け入れる機械のプール面積を大きくしない限り重液はなくなるが、水流の勢いが上がってこれも流れる。したがって品質を保とうとすれば全体としての生産量を落とす以外になくなる。

たかが砂利・砂のことであるが、工業製品である以上「品質」というものは必要なことなのである。

コンクリートは砂利・砂という石の粒をセメントという糊を以て任意の形、大きさに形作るものであるから、砂利、砂の表面に泥分がついていると完全にくっつかない。まことに微細ながらも隙間ができる。これはコンクリートの強度を弱める。

例えば、原子力発電所の炉盤材としてのコンクリートに使われる砂利・砂は、場合によっては磨きをかけて、その泥分を限りなく少なくする。

東京オリンピックが終わって六年後に、「一九七〇年のこんにちは」の大阪万国博覧会があった。万博会場もさることながら、その跡地が千里ニュータウンほかの住宅地になったこともあって、コンクリート＝砂利・砂の需要は膨大なものになり、京都市南郊の城陽市にある市原信也の工場をはじめとするこの地にある同業者は地の利を得て、それはそれは大変なお大尽になった。腹巻に札束を放り込んで祇園を毎日のようにのし歩いた、という伝説さえ生まれた。相楽満の機械工場の前身は、それらの余禄を受けて、これも大変な利益を上げ、製品を道路にはみ出して組み立てていた零細企業が、一気に万坪を要する工場を建てるまでになった。いわば水膨れである。

近年の「バブル景気」の後始末が大変だったように、こういう一時のお祭り騒ぎには必ず反動が来る。

それはまず機械屋に来た。何しろ完成していない機械に現金を以て唾をつけに来るものであるから、粗製乱造でもあったのであろう。万坪に見合う人手も抱えた。しかし零落の速さは技術を定着させ、堅実な製品を生み出す時間などなかった。縁あって同じ機械工場でも業種の違う、東京の工場が親会社となった。満が以前勤めていた工場である。

山砂利屋の方は一気に所帯を大きくしなかっただけ持ちこたえた。しかし、景気が良かった時に、長期的な目で投資しなかったことは同じで、冷静になって改めて足元を見渡せば手のつけようもないほど山は荒れていた。

市原信也はそのことで悩んでいた。わずか十年も経たない前のことであるが、生産設備も原料を掘り出す重機と、それを運ぶダンプカーの性能も小さく、そのもとで生産量を上げるには、原料のいいところだけを使った。原料のいい、悪いは先述のように、〇・一五四ミリ以下の泥分の大小である。この仕事を業とするものにとっては、一掴みしただけでおおよそ見当がつき、外れることはない。

米をとげばとぎ汁が出るように、土砂を洗えば大量の泥水が出る。満がそこに立っている時代は、その泥水を水と泥の塊＝粘土状のものに分離する機械ができていた。しかも自動である。ゆっくりと絞り出すために時間がかかるので、人が休んでいる間にも仕事をし、翌朝作業員が出勤した時には完全に仕分けられている。したがって高価であり、国は低利の融資制度を設けてカヴァーしている。

満が「来週来る」と言ったのはその機械のことばかりでなく、融資制度の説明のためでもあった。

それまでは創業以来、泥水は原料を掘り出した後の穴に放り込んでいた。穴は人間が驚く速さで満杯になり、こぼすわけにはいかないので堤防をかさ上げする。かさ上げはすそ野を一気に広げ、手付かずの原料となるべき土砂を掘削不能にする。

「ここの土はよく見えるでしょう」

市原信也が原料の悪さを嘆いたついでに、満を鉱区内の以前に掘削した場所に案内したことがある。

「今洗っているものより格段にいいものですね。どうしてこういうところを掘らないのですか」

「見えるところはきれいだけどね。これくらい……」と市原信也は手で二〇センチほどの厚さを示した。

「その下にはボロが埋まっていて、さらにその下には重機も埋まっている」

「ほう、重機が」

「その向こう側が沈殿池だったんだよ。前の連中の話を聞いて、ここなら大丈夫と言われて掘ったところがいい土でね、みんなで喜んで掘り下げたはいいが、三メートルくらい下がったところで朝来たら重機が半分泥水に埋まっていた」

上にかぶせる土が二〇メートルくらいになれば、その重みで泥の水も抜けるであろうが、一メートルくらいでは十年経っても液状のままである。

「引き揚げなかったの」

「泥水の真ん中に人が這入って行けるわけがない。人が乗っていなかったのが不幸中の幸いだった」

そして「大変だったよ。仮に引き上げても使い物になるかどうかわからない。盗まれたことにすれば保険も出るし、そんなことで埋めてしまった」とも言った。

「とにかく、どこが沈殿池だったのか記憶だけが頼りだからね」

市原信也は遠くを見ながら「怖くて掘れないんだよ」と呟いた。

市原信也の工場は数年前から生コンクリートの製造が中心の会社になっていた。

「これから先は御覧の通りの土より、悪くなっても良くなることはない。そのうちに自分のところで洗うより買った方が安くなる」

「それでは汚水処理の設備はしないだろうね」

「社長が今後どういう方向に持ってゆくという考え一つだがね。一応は〝俺の出発点は砂利屋だから〟と言っているが、周りがね。苦労を知らない者が口を出すんだ」

市原信也は「自分の力で切開いてゆく力があるうちに新しい道を見つけたいんだ」と夜の会話の時も言っていた。


満の勤める工場は、三重県の四日市にあった。城陽市からそこへ帰るのは、宇治茶の宇治田原市を通り、信楽へ出て西名阪道に乗る。

明るい夕刻、信楽にある疎林に囲まれた喫茶店に寄るのが好きで、その日も入った。信楽はタヌキの置物の里である。その素材と同じ粗い長石を残した信楽焼のカップでコーヒーを飲みながら、市原信也以上に今の環境に悩んでいる自分のことに思いを巡らしていた。

東京生まれで東京育ちの満は、以前東京・羽田飛行場の近くの機械工場で働いていた。事情があってその工場をやめ、さらにもう一つ事情があって転出先の勤めを辞めた時に、以前の工場の上司であった堀井弘樹の勧めによってその工場に来た。

その工場は、親会社となった重役の一人が社長となり、常駐はせず、課長〜部長級のものが手足となる二、三人を連れて、専務となって赴任して実質的な経営者となっていた。この人たちを受け入れ側では「進駐軍」と呼んでいた。確かに居丈高なふるまいをしていて、以前からの人たちとは目に見えない一線を持ち、絶えず意識しているようであった。満はその一員ではないが、片割れであるから優遇はされた。後で「軍属」と呼ばれていたと教えてくれる人があった。

それにしても倒産する会社というものは、やはりそれなりの影というものを持っているようであった。満が行ってから一年経った時、賃金引き上げ交渉がもつれてストライキがあり、後始末のような形で旧幹部の幾人かが解雇されたことがあった。それまでもまとまりのなかった工場全体が一層暗く、下を向いて仕事をする雰囲気になっていった。

「なんでこの会社は不振なんですか」

満は時の専務に聞いた。

「柱になるものがないのでね。それでみんなの意思を集中することができないのだ」

そう答える彼自身もやり場のない苛立ちを抱えているようであった。そして言った。

「サイザーにそれを期待したのだが、大外れでね、ほとんどがクレーム返品だ。君はまだ見ていないかもしれないが、機械工場の向こうの倉庫に山と積まれている」

サイザーは size＝寸法・大きさからきた言葉で、「r」がつくと分級＝大きさごとに並べることも意味し、スクリーン（screen）ということばの中にある「篩分け機」に近いものになる。

ここで専務が「サイザー」と言ったのはスウェーデンのモルゲンという人の特許となる「モルゲン・サイザー」のことである。別名「確率分級機」と言われたこの機械は画期的なアイデアによっている。

「ふるい」は昔からあり、それを機械化したものは以前からあった。しかし、細かいものや軽いもの、湿気を喚ぶものはすぐに目詰まりし、なかなか連続作業の工程の中に入れるのが難しかった。だが、世はいろいろな物品の製造の過程で、分級＝サイズ分けという工程が必要となり、それを機械化することが望まれた。

例えば私たちの日常で、手に取るものでも砂糖とか洗濯洗剤などもこの工程を必要とし、「モルゲン・サイザー」は最適な機能を発揮するはずであった。

「モルゲン・サイザー」は網を水平に置くのではなく、傾斜をつける。そうすると、例えば四十五度の網目を真上から見れば、横は同じだが、縦方向は一・四倍とすることができる。モノは真上から落ちてくるのでこれで適正な粒子に分けることができ、目詰まりは格段に減少する。さらに網を斜めにすることは、空間を立体的に構成することになるので、角度を変えて多段にすることもでき、確率的にモノを精度よく分級することができる。まことに結構な機械であった。

この工場は、商事会社を通じて製造権を得、時代の要求に応じた機械であったので売れ、皆が思っていた再建の目玉となるかと思われた。だが日を措かず、機械は暴れだし、ひび割れし、出て行った分だけ戻されてきた。

この機械は振動機の一種であるから、振動モーターが二つ付いている。振動モーターというのはモーターの回転軸の両側に錘《おもり》がぶら下がっていて、回転するとブルブルと振動する。私たちの日常では携帯電話が着信した時の合図となっている。

このモーターの二台を並べて取り付け、起動させると錘は隣同士でそれぞれ内側に来、外側に行った時は外側に行き、動きを打ち消して、上下運動のみとなる。しかし、バランスが崩れるとそれぞれが勝手に動いて暴れだし、奔馬の如くなり、鉄などは簡単にひび割れてしまう。

満は専務の言った倉庫を見に行った。なるほど山のように積んである。手前に置かれた塗装されているものは返品のようであり、奥の方に塗装どころか錆が出ているものは製造されたまま、外の空気を吸わずにここへ直行して連れてこられたものに相違ない。

「どこが悪いのですか」

振動機械についてよく知らなかった満は設計係や製造担当者に聞いて回ったが、設計係は製造の未熟を言い、製造の方は設計の不備を言っただけであった。

「本場のスウェーデンでも同じなんですか」と聞いても「詳しいことはわからないが、それが何でもないらしいんですよ。だから彼らは平然としている」とまるで他人事のような答えしか返ってこなかった。

その後、満は、クレーム処理の担当者ではなかったのでしばらくは忘れていた。半年ほどして九州へ出張する機会があり、思い出してその地にあった振動モーターの製造所を尋ねた。

「素人で振動モーターについて、わからないことがあるものですからを教えてもらいに来た」と言い、応対に出た設計課長さんに図面を示し、

「ぶしつけで申し訳ないが、この図面を見てどう思われますか」

「取り付け穴の寸法からすると、乗るのは〇・四キロワットですね」

「そうです」

「相楽さん。これではちょっと無理です。すぐクラックが入って壊れてしまうでしょう」

「そうですか。それではこちらはどうですか」と二種のうちの大型の方を出した。

「一・二キロワットですね。多少はよい方向にありますが、長期的には同じ現象が起こると思います」

「振動モーターは…」と課長さんが理由を言いかけた時、満は「共振を起こすのですね」と言った。

「そうです、共振です」

共振とは振動モーターが取り付けてある鉄板が振動力に負けて巻きこまれるれることである。そうすると二台のモーターはそれぞれ勝手な動きをし、まず基盤を亀裂させ、勝手な動きはさらに大きくなり、暴れ馬の如くなる。倉庫に並んでいる連中はそうして、手に負えなくなって出戻りとなったものである。

「スウェーデンでは何でもないようなのですが」

「それは基板に鋳鋼とか特殊な硬いものを使っているのかもしれませんね」

一つの会社の生死の問題が、たったこれだけのことであった。

その工場は分級機の一つである振動篩機も作っている。したがって会社の「業」である以上共振のことも知っており、その対策についても知らなければ「業」をやってゆくことができないはずであろうと思われる。現にそういう現象を知らなかった満でさえ認識したことなのである。

満は帰りの列車の中で、背筋を冷たい水に浸しているような感じになりながら、「何故なのか」と考えていた。

東京から幹部としてくる連中は「何年間か」という約束で来るらしい。よって彼らは自分のいる期間を何とか無事に過ごせれば（むろん利益を上げればそれに越したことはないであろうが）それでいいと思っているように見られた。

長期的にどのような会社にしてゆくのか、その方針に基づいての投資や人材の育成にはおよそ目を向けず、いつも東京を向いて仮住まいの名古屋のマンションから通っていた。社員も自分で何とかしようとする意欲が、およそ感じられなかった。そういう集積が形になって表れたのかもしれないと思われた。

満が帰って報告すると改良型を作ったが、それまでの悪評が響いて一向に業績が上がらず、何よりも営業を担当していた商事会社（スウェーデンから見つけてきた会社でもあるが）売る気をなくしてしまっていた。メーカーとしての力量に失望してしまったのかもしれない。

満がこの工場で七年を過ごし、製造の課長であった時、東京の親会社から吉田智が専務として赴任してきた。二人は十二年前、労働組合の書記長と副委員長であった。その工場は戦前に大争議を経験したこともあり、戦後は世間の戦闘的な労働運動の中にあって、非常に穏和な組合であった。しかし、そうした組合でも時代の流れが及ぶもので、彼らが先の役職にあった時、組合員の意思がまとまって賃金引上げその他の〝春闘〟でストライキ権を確立した。それも九四パーセントという圧倒的なものであった。

労働組合の構成は、本社（営業、設計、他事務職）と、東京および横浜工場と、三者同じくらいの人数を擁し、吉田智は本社グループの代表でもあった。

日本の労働組合は、一面従業員組合でもあるから、本社から出る幹部はいずれ向こう側の席に座る者たちである。今までが穏和な労使関係であったので、会社は慌てたのかもしれない。吉田智は（たぶん）その意をくんで、本当のストライキに入ったら組合を割って職員組合を作るべくひそかに動いた。この動きは表へ出る前に何人かに知られることになった。そして〝闘争〟はストライキどころでなく、一気に終息した。

吉田智はその時の自身の行動を委員長と満ほか三、四人のものに知られたことを知らないはずであった。というのは知った者は一切口外もしないし、おくびにも出さなかったからである。

満は十二年前のそのことを一つの成り行きだと思ってさして気にしなかった。吉田智の方はこだわりがあったらしく、配置転換があり、工事課に、更に一年もせず営業に回された。業績の上がらない会社での「営業」は陽の当たらない職場と思われての移動のであったらしいが、満にとってはそこへ来る前に経験していたことでもあってあって、むしろほっとした。

満は、信楽の喫茶店で、そんなことをぼんやりと思い出していた。

夏休みの始まりのことであった。その会社は中小企業であったにもかかわらず、親会社の風を体して土日を含んだ五日間の夏休みがあったが、その直前に三カ月も追いかけていた引き合いの先方から呼び出しがあった。出先に連絡をもらってそちらに回ったのは午後も遅くなっていた。

「K社から相見積をとっていることはご存知ですね」

「耳にしております」

「社長さんが昼前に来ましてね。あなた方の見積の一割引きで引き受けたいというのです。内々で相談しましたが、同じにしてくれるのなら相楽さんのところへ頼もうということになりましたが、どうですか」

「ありがとうございます」

「あなた方は商事会社経由ですね。K社はダイレクトですから、このままでは同じ条件にはなりません。支払の方で配慮しましょう。その点は承知いただいた後で相談しましょう」

その物件は愛知県瀬戸市で山砂利を洗浄選別するプラント一式の、金額の大きなものであった。工場の総売り上げの三カ月分に相当した。その工場では、大きな取引は危険が伴うもので、保険をかけるつもりで商事会社を経由するという形をとっていた。当然相応の手数料を支払う。

満は帰り道で電話すると、吉田専務は夏休みのために東京への帰途についたところだということであった。まだ決まったわけではないが久しぶりの大漁のような気分になって鼻歌も出た。設計から始まって、現地と土木屋さんとの打ち合わせ、そして何より工場全体に活気があふれる様子が目に見えるようで、ついついスピードが出た。

出先から専務あてに電話が入ったことで、もう時間外であったが五人の営業課員ばかりか経理課長まで満の帰社を待っていた。

「喜ぶべきことではないよ」とは言ったが、「いい知らせだと顔に書いてありますよ」と中の一人が言って、皆も笑った。

吉田専務が自宅に帰って落ち着く頃を見計らって、東京へ長距離電話をした。

「えっ、一割という金額は大きいな。それでは大赤字になってしまうんじゃないかね」

満は別に「ご苦労さん」と言ってもらうつもりはなかったが、いきなりのその一言で浮かれた境地から暗闇に突き落とされるような気がした。

「私はやっていけると思います。例えばコンベアなどの骨物は、K社にしても外注するはずですが、その外注先は全部わかっています。今彼らは仕事がなくてひいひい言ってます。K社はそれを見越して勝負に出ているんです。K社は彼らと下請契約を結んでいるわけではありませんから我々も頼むことができます。そんなことをいろいろ工夫すれば、充分合う数字になると思います」

「杉山君に相談したのかね」

杉山英雄は見積もり係であった。

「いえ、相談は誰ともしていません」

「それでは私が聞いてみよう。いずれにしても少し時間をくれないか。いつまでに返事をすることになっている？」

「お客さんは明日にでもと言っていましたが、夏休みに入るからと言って中一日待っていただくことにしました」

満はその時、言い訳をしながら普通の会社ならその場でお客さんの電話を借りて返事をするものだと思っていた。

「それではいろいろ相談をしてみる。明後日の朝電話をくれないか」

その件は金額が大きいだけに折衝したのは二度や三度ではなかった。商事会社と同行し仕事以外の雑談が長くなって一緒に食事したこともあり、時にはそのプラントで仕事をする現場の人たちと寿司を食べに行ったこともあった。そうした中で少し前から社長の心のうちは、満のところへと決めていたことがわかった。K社の〝一割引き〟は決心のきっかけであったと思われた。

〝買う〟〝買わない〟を含めて、仕事というものは人と人との接触から成しあげられてゆくものようである。営業はその最中に立っているもので、自分のところの製品が一番いいもんだと思って売り込みに行っている時ほど楽しいものはない。自分が売ったものがたとえ小さなものであっても、一生懸命うなり声を出して働いているのを見ると「元気にやっているか」と声をかけたくなり、使っている人には「彼らはまじめに働いていますか」とあいさつ代わりに聞くこともある。そうすると納入先とも一気に親しくなり、同じ職業人としての喜びや哀しみの話へと続いてゆくもののようである。

一日置いて吉田専務から、「杉山君の話だとやはり無理だということだ」だから断れと言われた時、「専務もそうお考えですか」と聞く元気もなくしていた。

瀬戸市のお客さんは、「そうですか、それは残念なことです。それにしても一週間も夏休みをとる会社はやはり一味違いますね」と言ってしばらく目を離した後、「中の機器でお宅で作るものは使うようにK社に言っておきましょう」とつぶやくように言った。

満は信楽焼のカップの底に残っていた、もう冷めたコーヒーを飲み干すとやおら立ち上がった。突然「運命なんだから」という声が聞こえたような気がした。いつ聞いたんだろうと歩きながらたどってゆくと、「ああ、さっちゃんの声だ」と巡り合うように思い出した。

あの時は川越にいた。埼玉県の川越市に入間川という荒川の支流が流れていて、その旧河川敷に砂利選別プラントを作る時の立ち合いであった。まず土木工事に立ち会い、次いで機器取りつけに立ち会うのであるが、土木はさることながら機器も下請け業者が作業するので、見ているだけの立ち合いは暇でしょうがなかった。仕事は東京営業所のものであったので、そこでほかに要件ができれば行くために、朝、時間を決めて先方の事務所に立ち寄ることとなっていた。携帯電話がない時代のことである。

事務所にやや大きい水槽があり、どういうわけかコイとナマズが一匹ずついた。その時は春であったので、プラント建設場の水たまりにオタマジャクシが佃煮にするほど群れていた。暇に任せて、そのオタマジャクシを牛乳びんにすくい、水槽にあけるとすぐにコイが食べ、底に至ったものはナマズが抜く手（開ける口）も見せない速さで食べてしまう。そんなことを眺めていた。

翌日もそんなことをしていると、

「相楽さん、やめてくださいよ。可哀そうじゃありませんか」

後ろからさっちゃんの声がかかった。

さっちゃんはどういう字を書くのか、苗字は何というのかも知らない。ただ一人の若い女性職員を皆さんが〝さっちゃん〟と呼んでいたからさっちゃんなだけである。

「でも水溜まりに沢山いるんですよ。カエルになるまでに水が干上がってしまうような水溜まりなんです」

「それは親が良かれと思って生んだ場所だから、仕方ないでしょ。運命なんだから」

「運命ですか」

「そうよ。運命ですよ。運命を勝手に変えては可哀そうですよ」


「しかし」と満はつぶやいた。「人は運命を自分では変えてもいいのではないか」

「そうだ、あの時知り合ったナマズを見に行ってみよう」

いろいろなことが重なり、市原信也の都合もあって富山県八尾の、ナマズの養殖に成功したという「谷中養魚所」へ行ったのは夏も終わりになってからだった。

「飛騨を抜ける三六〇号線で来るなら、富山市に入る手前で、高山本線の踏切を渡ってすぐに大きな酒造の看板があり、手前を左に曲がってまっすぐです。看板さえ見落とさなければわかりやすいところです。気をつけておいでください」

言われた通りに行くと谷間の一つに、看板はなかったが建物の様子から、それとわかる場所はすぐ見つかった。

谷中恭二という名刺を出された人は、働き者の農家という風情を持っていた。

「テレビというものはすごいですね、あれ以来多くの人に見に来ていただきました。私どもも完全に成功したというわけではありません。まだ解らないところが沢山あります。でもまあまあ何とかやって行ける見通しがつきました」

「これに取り組んでから何年になりますか」

「そう、三年になります」

「おひとりで?」

「いえ、あるきっかけで岐阜大学の駒田先生と知り合いましてね。駒田先生はアユの人口養殖の泰斗です。その技術を使えばナマズも養殖できるといわれましてね。最初の年は大学の研究所で先生に指導を受けながら勉強しました」

「先ほどまだわからないところがあるとおっしゃいましたが、どういうところですか」

「一番難しいのは孵化した直後です。生まれた直後はオタマジャクシそっくりでしてね。エサはミジンコです。アユの養魚用もやりますが、ミジンコがないとどうにもなりません」

「どうにもならないといいますと」

「共喰いをはじめます」

「そんな小さい時からですか」

「そうです。ミジンコという生餌がないとダメなんです。ミジンコというのも生き物ですから、ナマズの成長に合わせた、ミジンコの確保というのが難しい。ミジンコというのは、春先になると池や沼に湧き出してくる、蚤のような虫です。天然のものがいつどこで発生するか解りませんからこれも養殖します。しかし、これがナマズの必要な時にピークになるようにするのがまだよく解っておりません」

満と市原信也は、そんな話を聞きながらさして大きくもない施設を歩いた。歩けば「成功今だし」と彼が言った様子は十分読み取れた。

「岐阜大学の駒田先生を訪ねるかもしれません。そのうえで春が来た時、もう一度お伺いできるかどうか考えてみます」

二人はそう言って八尾を辞した。

二　投入堂

相楽満は吉田智専務から、愛知県瀬戸市の物件は「今回は手を引くように」と言われてから、その金額の大きさが響いてすっかり気落ちした。気落ちの度合いは、それほど深く付き合っていない二人の人から指摘されるほどひどかった。会社勤めというものは個人の思い通りに事が運ぶことが少ないから、一件の挫折で他人にわかるほど落ち込むような精神では、人としての完成度が充分でないことでもあるので、そう言われた時は恥ずかしかった。

その件があってから一カ月ほど後のこと、滋賀県野洲市の砂利プラントに納入した機械の試運転があった。もともとその工場は満のお得意さんであったが、詰めの段階で瀬戸の一件と重なって、その方面の担当者に任せていたものであった。

「試運転の時にはオーナーも来るようなので、課長も来てもらいたいと蒔田社長の言伝てでした」と担当者の沢田慎吾が言ったので、神様に供える分と合わせて三本の一升瓶を持って赴いた。

その社長は二代目で、こうした工場には珍しく大学を出ていた。先代が工場の景気の良い時に不動産に手を出し、失敗し、整理がつかない間に身罷り、倒産するか人手にわたるかという時に、二代目が建築会社の勤めを辞めて継いだ。実質は不動産会社のものであったから、社長とは言っても〝雇われ社長〟であったが、従業員と一緒になって働き、やっと見通しがつきかけたので、古くなって性能が落ちたり摩耗したりした機器を徐々に入れ替えるまでになった。「オーナーも来る」と言ったオーナーは、その不動産会社の社長である。満はその時までに会ったことはない。

機械の試運転は滞りなく終わった。その機械は工場の再建が軌道に乗ったことの目安のようなものであったので、蒔田社長もよほど嬉しかったのか、終わった後で小宴が用意されていた。

この機械の引き合いがあった時、一通りの商談の後、何となくお互いに惹かれるものがあって、蒔田社長は以前に勤めていた建設会社時代の話しをし、満はそこへ来るまでのちょっと波乱に富んだ変転などをしゃべり、さらにはお互いに文学少年であったことまでに及んだ。

「お昼をうちでしていきなよ」と蒔田社長が言って、二人とも話の続きがしたくて、そこから十分ほどの自宅までついていった。彼は奥さんに二人分を用意するように言うと、自分の部屋に招じた。

「僕はいま」と満より若干若い蒔田社長は「この人のファンなんだ」と司馬遼太郎の『坂の上の雲』を並べた。

「そうですか。これもいいですね。私は『週刊朝日』の『街道をゆく』が好きです。少しすると単行本になりますから、それが出ると改めて読み返します」

「僕も読んでいます。単行本は六巻まで出たところですね」

「はい、『沖縄・先島への道』です。現代と歴史を往復しながら、日本人を見つめる目には感動しますね。今まで日本人でありながら日本人を外から眺めたように書いた人はいませんでしたからね」

そんな話をしながら、奥さんに注意されるまで時間を忘れた。

蒔田社長も従業員も酒が強いようで、小宴の後その幾人かは事務所に席を移して宴の続きをした。オーナーの砂田さんは、それをにこにこしながら見ていた。

「あれはいい男でしょう。あれが泣きついてきた時、昨日まで背広、ネクタイの者が泥まみれになることができるのかと訝りました。ああした姿を見ていると、絆《ほだ》されてよかったようですね」

砂田さんは六十年配かと思われ、凄腕の不動産屋という世評にはとても見えなかった。そんな囁きを聞きながら、満もうれしく、帰りは沢田慎吾の運転ということもあって普段は飲まない酒を飲み、つぶれてしまった。

目が覚めた時、そこが事務所と続きの休憩所だとわかるまでに少し時間がかかった。外は夜になっていた。事務所には砂田さんと蒔田社長しかいなかった。

「相楽さん、うちへ電話しなよ。さっき沢田さんからちょっと聞いたよ。今晩は付き合ってやるよ」砂田さんが言うと、蒔田社長もつづけた。

「明日は休みだからいいでしょう。僕も付き合いますから」

満は「どうも醜態を見せてしまって」と言いながら電話して促されるままに車に乗った。

「ベンツですか。すごいですね」

「身分不相応なんですが、砂田さんが社長ならこういう車に乗れと言うもんですから」

「世間とはそういうものだよ。はったりも必要なんだ」

近所の旅館へ放り込まれるのかと思っていたら、ベンツは永く走った。

「京へ泊ったことがありますか」砂田さんが言った。

「いえ、ありません。私たちの世代は小学校も中学校も終戦直後の食糧難の時代でしたから、修学旅行の余裕はありませんでした。高校は夜学で、三年生の時に解雇されてしまいましたから卒業しておりません」

「相楽さんの夜学の時の武勇伝は面白いですよ」

「武勇伝どころか、足蹴にされたようなものです。東京の下町の百人程度のガラス工場で働いていました。労働組合の選挙がありまして、どうしたわけか運動もしていないのにトップ当選してしまいまして、トップは組合長になるという不文律があったものだから、うろうろしてましたら、〝危険分子は置いておけない〟と一発で馘です。おかげで学校もやめました」

「ほう、そんな経験をお持ちですか。それはますます面白い話が聞けそうだ」

砂田さんは「付き合った甲斐がありそうだ」とも言った。

ベンツは高瀬川の横を走ったから、およそ祇園の近くだという見当がついた。茶屋らしい一軒に入ると、「どうぞおあがりなさい」と砂田さんは自宅でも入るような自然な声をかけた。

「沢田さんの話では、大きな話を逃して沈んでいるということでしたが」

砂田さんは落ち着くと言った。

「いえ、逃したのではなくて断ったのです」

満は愛知県瀬戸市の一件の顚末を話した。

「その専務さんの判断の方が正解だということはなかったのですか」

「大きな金額の話ですから、何度も打ち合せをしておりました。専務が自分で調べ、考えたうえでの判断なら仕方ありません。そうでなく、見積係の意見だけを取り上げて結論を出したのが不満なのです。見積係は杉山と言いますが、彼は担当ですから見積にたけています。が、それよりも人の顔色といいますか、動向を読むのも得意としていましてね。専務がこの件をどういう風に処置したいかと探ってから気に入るように、専務の決断の理由付けをささやきます。会社としてとか、そういうことは一切なくて、自分が専務の味方であるということだけです」

「それでは会社が持たないのではないですか」

「そうです。倒産する会社の病魔みたいなものです。一度倒産した零細企業のくせに、大会社か役所勤めみたいな気分の者がいるのです。それに私の見るところ、専務はふてくされているのではないかと見えるんです」

「ほう、それはまたどういうことですか」

「トヨタや松坂屋のトップが創業家から外れていますね。親会社は加賀のはずれの小大名が建てたものです。今三代目で、これが世に言われるそのままの凡庸で、次のトップは社内で育ったものがなるだろうと、これは噂ばかりでなく最近の人事を見ているとその準備段階に入っていることが、私たちにもわかります。

専務は次の次か、次の次の次という位置にいます。彼は設計出身ですから技術系です。その技術系の最大のライバルが、私に四日市に行くように勧めた堀井弘樹という男です。いま横浜工場の工場長をしています。学卒の年代から行けば確か堀井さんの方が一つか二つ下のはずです。

そうするともうおわかりですね。都落ちは追い越されたと衆目も一致しています。そうした焦りというか、それとともに、リスクがありそうなことはなるべく避けようとしているのです。私は多少囲碁をたしなみますが、あれはお互い相手をどうしたら窮地に追い込むかという戦いのゲームです。リスクと有効かは紙一重です。リスクを避けた安全第一は堅実なようですが、敗者のスパイラルに入ります。したがって発展はありません。人間社会をよく反映しています。

最後の決断を提灯持ちの一言がないとできないようではたぶん競争に勝てないだろうと思います。

それと、私が堀井さんと長く一緒にいたということが気になって仕方ないようなのです。子分だと思っている節があります。堀井さんも私も、そういう〝親分、子分〟というような関係は大嫌いなのです。まして私は一度会社を出た人間ですから、仮に〝子分だ〟と言っても誰も相手にしてくれません。向こうが勝手に気にしているだけです」

「会社勤めもいろいろあるんですね」

「スーさんの好きそうな話どすな」話の中途で静かに入ってきた芸妓が「そちらの旦那はささはよろしいんですやろか」と言った。

「この人はもうできているんだ。話を聞きたくて来てもらったんだから、若旦那と静かにやっていてくれ」と砂田さんは言い、「それで」と先を促した。

「その点、零細企業はいいですね。人と人とのぶつかり合いです。こういう話がありますちょっと長くなりますがいいですか」

「どうぞ。宿屋へ来ているんですから」

「勿来《なこそ》という地名はご存知ですね」

「上代の陸奥への入り口の関所があったところですな」

「そうです。この会社へ来る前に、従業員十五人に満たない零細なクレーン屋にいました。義兄が助けてくれと言ってきたから行ったのですが。勿来はいまは小さな町です。そこの鋳物工場へ三トンクレーンを納めた時の話です。スパン（長さ）十八メートルでしたから、ちょっとした大きさです。大きな会社はクレーンという品物は品物として買い、上架（据え付け）は工事業者がやるものですが、町工場でのクレーンの納入は、それを上架し、役所の検査を受け、認可手続きまでの一切をクレーン業者がやります」

クレーンなどというものでも製作者によって多少のデザインの違いがあり、たまたまその時は、鋳物工場の社長がデザインを気に入り、二回目の商談で成約した。

後は上架の問題が残った。今はクレーン車の性能のよくなっているので、条件の良いところでは運搬車からいきなり吊上げ短時間で済んでしまうところもある。そのような時は、工事業者（鳶職）に頼むこともなかった。

その工場の場合は全く条件が悪かった。クレーン車で工場の外に降ろすことはできても中で振り回す場所がないのである。先方もそのことは解っていたので納入のことが一段落したところで現場をあらためて見に行った。

満が見渡したところクレーンを乗せるための柱の補強と、それを走らせる架台の工事が中途であった。その日は稼働日なので中止であったらしい。

「あれらはどうして揚げましたか」

「ウインチと滑車で上げていましたよ。途中ですからまだ…、あ、あれです」

見ると段取りがわきに寄せてある。

「工事の方は近所の方ですか」

「建設会社に頼んだら来た連中ですよ」

「それではあの方たちに頼んでみましょう。地元の方なら都合がいいですね。お呼びいただけますか」

なるほど近所らしく、三十分もするとそれらしい服装をした二人連れが現れた。図面を見せ重量を言い、「上架をお願いできますか」と聞くと、「クレーンはやったことがない」と言いながら二人は打ち合わせをし、「戻って相談をし、見積書を書きましょう。上架日はいつですか」と、そこはいったん別れた。

見積りは二日も措かず送ってきたが、断りたいという意思が明らかなような高い金額がついていた。満は普段頼んでいる鳶の親方のところへ行き、工場の概要を説明し、「幾らくらいかかるのだろう」と聞くと「現場を見ないで値段を言うのは危険なのだが、そう、足代をみてこれくらいみてくれればいい」と言った。

満は親方の金額に自身の営業費を載せて交渉した。その時、それより二割方も高い地元の見積が幸いして見積通りで決着した。

納入日の一週間ほど前、段取りのために鳶の親方を連れて現場の確認に行った。親方は、たまたまそこにいた将来を任せると決めていた甥の若頭も同行させた。工場には、クレーンを走らせる架台が完成していた。

親方と若頭はクレーンを車から降ろす位置から始まって、工場内へ移動させる時のウインチとか滑車の場所、次にいよいよ吊り上げる時の滑車とウインチの位置などについて巻き尺で測りメモしながら歩き回って、障害になりそうなものを満に言った。

親方の大場さんがそのうえで少しこだわりがあるようなことを言った。

「相楽さん、町を出たところにドライヴインがあったな。あそこへ行って少し相談に乗ってもらいたい」

行ってコーヒーを飲んだ。

「何でしょう」

「現場を見て予想していたより難儀なことがわかった。建屋が弱い。そのための準備や人手もいる。少し見てもらうわけにはいかないか」

「どれくらいですか」

「そうさなあ、ギリギリ一割五分ほどかなあ」

そうするとおよそ地元の業者の見積が正しかったことになる。

「しかし、大場さんらしくないですよ。お願いした時点では〝見てから〟でも間にいました」

「そうか、女々しいか。困ったな」大場さんはあらぬ方へ目を向けていた顔を戻すと「誠司」と甥に声をかけた。

「お前はどう考える。この現場はお前の考え通りにしよう」

「なら、相楽さん悪いけど、もう一度戻ってくれませんか」

誠司は満より年上であったが、年齢が近いだけに会えば時世のことなどについて雑談することがあった。

再見のあと誠司は言った。

「お宅の社長さんはケチだけど、相楽さんはケチだけではなさそうなので、約束通りでやりましょう」

納入の日、一番乗りのつもりで走ったが、鳶さんの車はもう先に止まっていた。さらには現地の建築会社の鳶さんまで門を入ったところに屯していた。

「おはようございます」

「おはよう。東京の鳶のプロがどんな仕事をするのか見さしていただきに来ました。よろしいでしょうか」

「ええ、結構ですよ。ヘマをやったら笑ってやってください」

その時、工場の中なら誠司が小走りにやってきて、「相楽さん、約束が違うよ。ちゃんと頼んでおいてくれたんだろうな」と言ってきた。先日視に来た時に、作業の障害となるものを片付けておくように頼んでおいたことが為されていないというのである。

「この人たちは」

「この前話した地元の同業者」と満は返事もそこそこに工場の現状を見、社長と連絡を取るべく走った。

満が社長か工場長に至急連絡を取るように頼んで戻ると誠司たちは段取りを降していた。地元の鳶はみえなかった。

「あの人たちがやってくれることになったよ。連中はしょっちゅうここへ来ているので、フォークリフトにも乗れ、片付け先もわかっているそうだ。着替えに戻ったところだ。相楽さん、ドライヴインへ行って時間待ちしている運ちゃんに到着を一時間ほど遅らせるよう言ってきてくれないか」

後で聞いたことであるが、誠司は彼らに頼む時「約束が違うと言って大騒ぎしていただけで仕事がはかどってゆくわけではない。誰かがやらなければならない。やっていただけませんか。出面《でづら》（日当）が必要なら、本来ならこの会社がやることですから、会社（満の会社）に交渉させましょう。もし先方がしぶったら、お願いしたのは私がですから金額の大小にかかわらず私が責任を取ります」といい、先方は「お祭りに参加させていただくのにお金のことを言っていたら罰が当たります」と言ったそうである。

仕事は順調にいった。お昼に入るころは上架も済み、あとは電気配線をし、試運転するところまで行った。とび職の出番は終わったので、本来はそこで彼らは帰っていいところであったが、先方の工場長が彼自身のミスのことを意識してか「風呂を沸かしたので入りながら試運転まで待っていただけないか」と言ってきてその言葉に従った。鋳物工場は火の仕事である。柱といい上の梁といい、ススだらけでみな黒人より黒く、そこへ汗で奇妙な顔をしていたので風呂はうれしかった。

試運転が無事に済んだ時、その日その仕事に携わった人全員が、拍手して喜んだ。工場長が用意した小宴に、地元の特産だというごぼうの煮つけが出て、大変おいしく宴を華やかなものにした。何しろニンジンより太いのである。それをぶつ切りにしてあり、柔らかい。東京から行った者たちがほめると、工場長は「相楽さんは今晩はお泊りでしたね」と翌日役所の検査に立ち会うために残る満を確かめると「後ほど宿へ届けましょう」と言った。

社長はそういうやり取りをにこにこして聞いていた。

満は、隣に座っていた誠司に「ありがとう」と言い、誠司は「こういうことがあったということを覚えていてくれればいい」と言った。

「昔々ありました…です」と満が閉じると砂田さんが言った。

「いろいろな方に出会いなさったのですな。いい話を聞かせていただきました。ところで相楽さん、月が変わって、この日かこの日、今度は私にお付き合いいただけませんか」

満が手帳を繰るといずれも土曜日であった。

「いいですよ、前の方にしましょう。私で役に立つのなら…ただし日本語の通じるところにしてください」

「一緒してもらうところまでは十分通じます。山へ入りますからピクニックへ行く格好で来てください。朝八時でいいですか。…社長のところで落ち合いましょう」

「山ですか」

「先日ちょっと話した福知山の砕石工場です」。蒔田社長が引き取り、「僕は失礼するかもしれません」と言った。

「ですから、あなたの車に乗せていってください」

「私はカローラですがよろしいですか。それと、何か用意してゆくものはありますか」

「運んでくれる大きさがあればそれで結構。用意するものはありません。あなたの目があれば十分です。ではその時にお会いしましょう」

砂田さんがそう言ったのをあらかじめ打ち合わせてあったかのように、奥へ通じる襖障子の向こうに女将が座っていた。

「どうぞこちらへ。寝所にご案内しましょう」

女将は廊下をひとつ曲がり、障子の部屋の前で腰を落とすと「こちらです。お風呂はここをまっすぐ行って右側にあります。ではゆっくりお休みください」と障子を開けた。

部屋は八畳くらいの大きさがあって真ん中に広めの布団が延べてある。枕が二つ置いてあった。満はその布団の上に寝転がってその日一日のことを思った。疲れたような、それでいながら興奮が残っているような自分自身を眺めていた。眺めついでに部屋を眺めると床の間に山水の一幅が下がっており、その向こうの違い棚に花が一輪あった。近くに寄って見るとあまり見かけない花であったが、葉が夾竹桃なのでその八重であろうかと見てとれた。

満にとって夾竹桃は思い入れの木であった。十歳の夏、八月十五日、その時学童集団疎開で山形県・赤湯という温泉町にいた。ラジオの音も、それに続く教師の話しもよくわからなかった。外であったので風に散ったのかもしれない。演説する教師のわきに夾竹桃の赤い花が満開で、それを眺めていた。三十年の歳月が一瞬のうちに頭の中をよぎった。そんな回想に浸りながら湯船に体を沈めた時、戸が開いて「背中を流しますね」と若い娘が入ってきた。そういいながらも彼女自身も湯につかる姿であった。髷をとり、化粧を落としていたのでその辺りを歩いている娘さんと変わらず、とっさにわからなかったが、言葉の調子から、先ほど席にいた芸妓だと気が付いた。そのことを言うと「そうですよ、私たちだって日本語で暮らしてる普通の女ですよ」と言って笑い、風呂に入っていいかと言うから、断る理由もないので体を少しずらした。

湯の上に顔が並んだ時「砂田さんはこの家とどういう関係にあるのですか」と聞くと、「さあ、そういうことは知りません」と言った。

「そうですか。やはりここでは日本語が通じませんか」

「スーさんとは長いお知り合いですか」

「いいえ、今日初めて会いました」

「え、今日が一見ですか。お話の様子からはずっと以前からのお付き合いかと思いました。またお会いになる約束をしてたでしょう。スーさんが一見の方にあのようなことを言うのは珍しいことですから」

砂田さんを乗せて国道九号線を走った日は天気が良かった。

砂田さんは道すがら、福知山の砕石工場の現状をかいつまんで話した。

それによると、めぼしい産業の一つもない山村にその工場ができた時は希望の星が舞い降りたかの歓迎を受けたということである。社長がそこの出身であるばかりでなく、従業員もほとんどが村人であったことにもよる。

しかし、一カ月もするとその工場にかかわっていない人々から苦情が出た。「粉塵がたまらない」というのである。砕石工場には粉塵がつきものである。その工場は原料となる岩石採取場に工場を立てる、応分の広さの場所がなく、部落の近くに建てた。生活の場に近すぎたのである。昔ならいざ知らず、公害がいまは悪の標本の時代である。

社長は役所や銀行を駆けずり廻って、『集塵装置』を導入することにした。役所のアドバイスもあって、中でも値段は張るが最新鋭のものとした。三カ月余が経ってその装置が完成した時は、社長は涙を流したという。育った村を罪人の如く歩き一言言われれば十返も頭を下げることもなくなり、借金の大きさなど軽々しくなるだろうと思えた。

試運転は上々だった。が、一週間もしないうちに状況は暗転した。その装置から粉塵が出だしたのである。単に出ただけでなく、装置の排気口は地上八メートルの位置にあったから、粉塵は以前よりも遠くへ飛んだ。

メーカーもすぐ飛んできていろいろと手を加え、あっちこっちを開けたり閉めたりして「今度はよし」と言ったが、動き出してみると三日も持たない。

粉塵量の測定を間違えたのか、粉塵の性質がその装置に適していなかったのか、あるいは集塵装置としての完成を見ていなかったものか。その後メーカーの言い訳やトラブルの様子を見ているとどうやら最後に挙げた項目のようであった。

その集塵装置は『電気集塵機』と言われた。アメリカで開発された特許品である。原理は沢山の短冊形の鉄板を吊るした部屋に粉塵を集めて送り込み、鉄板にマイナスのイオンを帯電させる。すると、電磁の原理によって粉塵はプラスイオンに帯電し、鉄板に付着する。そこで鉄板をプラスにすると粉塵は反発して落ちる…という仕組みである。その工場のトラブルは、アメリカにはないか、全く少ない湿気が原因であるらしい。粉塵が固まってしまうのである。

そのような不良品の機械でありながら、取引の間にあった商事会社は代金の請求書を送ってきた。本来の砕石の生産を阻害しているものに金を払えという彼らは、奈落の底に沈んでいる社長にとって悪魔の使いのように見えた。教える人があって裁判を起した。するとメーカーは外国の特許所有者に問合わせ中だとか逃げ廻って、そのうち倒産した。実際は倒産したふりをして出廷しなくなった。

しかし、そのようなことは日常の生産と、腹の足しには全くならないので、工場全体の支払いの重さに耐えかねて、普通の人なら、そこで倒れてしまう日日になった。

社長は耐える体力があったのか、なかったのかわからないが、ある日忽然と姿を消してしまった。家族も茫然としていた。その後彼は生きているのか、生きているとしても日本にいるのかどうかもわからない。

そのような時、銀行を通じて砂田さんに話が持ち込まれた。むろん砂田さんは断った。

「けんもほろろという言葉があるが」と砂田さんは言った。

「その言葉通りに断った」

「どうしてですか」と銀行員が言うから「私はそういうものを作ることに関してド素人だから、面倒を見ろと言ってもどうしていいのかわからない」と言った。

「野洲では面倒を見ているではないですか」

「あれは特別だ。先代が私の知り合いだった」

〝もういい加減にしてくれ〟という時になって工場長だったという男を連れてきた。

青木と名乗る五十年配のその男は「一つの採石場が助けてくれと言っているのではありません。五十四人の里の人間のたずきが立つのを助けてくれとお願いしているのです」と言った。

「相楽さん」

砂田さんはそれまで前方を見て話していたものを、満の方へ顔を向けて言った。

「心を鬼にするというのはなかなか難しい時があるものです。ましてある人がそのひと個人のことでなく一族とか、村とかそういうことに骨を折っていて、それに力を貸してくれと言われた時は鬼のままではいられないものです」

砂田さんはその男に「何か方策はあるんですか」と言ったことが、その人たちとの関係を持つ羽目になった。

後ほど知ったことであるが、青木隆志と名乗ったその男は社長のまた従兄弟にあたり、彼が姫路の沖の島にある砕石工場に勤め、仕事を覚え、何もない山村ではいずれ過疎化で消滅してしまう運命にあるから、本家筋にあたる社長を説きに説いて工場を建設したものらしい。

彼の方策は、いずれ工場を原石のある奥に移す。それまで粉塵の出るところのカヴァーをもう少し丁寧にして、住民に納得していただく。また奥へ移ると、現在の道路では一部狭いところが隘路となる。そこで県にもあらかじめ確認を取っておく必要がある。道路などというものはすぐにはできないから、今決定すればでき上がるころは上に工場を立てる十分なスペースができているだろう。

こうして、この事業は一会社のものでなく、県と県民のものである形に持っていけばいろいろな方面の協力も得られるのではないか。そのための中心になる人として砂田さんにお願いに来たというのである。


「今その筋書きで進んでいるんですか」

「県がなかなか動かなかったがやっと動き出した。それというのも反対する人たちがいるんですよ。道路を拡張するところに何かしらんが貴重な木が自生していて、環境破壊になる、とおっしゃる。先だっても県で来てくれというものだから伺ったら、破壊、破壊とえらい剣幕で怒鳴ります」

「近頃は博愛主義者が至る所にいますからね」

「あなた方は何を食べて暮らしているか知りませんが、環境破壊の大将はコメを作ることではありませんか。と言ってやりました」

「緑があふれる田圃が環境破壊なんていい加減なことを言って、金もうけだけしか頭にないくせに」

「馬鹿をおっしゃい。日本列島は見渡すかぎり木と草の連続だったんですよ…」

「そうしましたらね、その〝馬鹿〟がいけない、侮辱していると大騒ぎなんです。困りました。日本語が通じないんです」

砕石工場に着いて自動車を降りた時、遠くから岩を割るクラッシャーの音が地鳴りのように聞こえてきたが、事務所の玄関のドアを閉めると、その音も聞こえなかった。それでも粉塵は舞い込むようで、もう一つ扉を開け事務室に入っても何となく乾いた白っぽさがあった。

紹介された青木工場長は、想像していたより短躯で温厚な顔立ちをしていた。その時もう一人若い男が紹介され、名刺に「営業　幸田佳治」とあった。会社としての体制が整いつつあるのかもしれないと思われた。

砂田さんは青木工場長と少時打合せすると満に向かって言った。

「私はこれから工場長と出かけなければなりません。ですからここでお別れすることになります。先ほど言ったように、今日のところはあなたの目で工場の全体をよく見てください。またお会いしたい時にはこちらから連絡します。その前にあなたに決心がついた時はお知らせください。お待ちしております。時間が許せばお泊りのとこへ行きますが、たぶん無理でしょう。誠に残念ですが」

砂田さんとはそれが今生の別れとなった。むろんその時はお互い知ることもない。

「相楽さんのことはよく聞いております。この幸田が工場を案内します。今晩の宿も取ってありまして、それも幸田がすべて承知しております」と青木工場長が言った。

満は幸田佳治に連れられ工場を見て歩き、設置したそのままになっている集塵装置も見た。一部は錆の浮いているところもあった。次いで原石の採掘場へ行った。

「いい石ですね」満もいくつかの採石場を見ているので多少のことはわかった。

「はい。舗装会社の方もそう言っていただいております。高速道路の方は工場が再開したことを喜んでくれました」

幸田佳治は作業服の上下にネクタイを締めていた。二十代の半ばに見えた。

「あなたはこの里の方ですか」

「祖父母がこちらにいます。ふもとの町で高校を出て大阪で働いていましたが、祖父に呼ばれて来ました。来てからまだ二カ月しかたっていません。解らないことばかりです」

幸田佳治は「今夜の泊りは三朝温泉にとってあります」と言って九号線をしばらく西下した。さらにその車中「私も一緒させていただいて、明日は投入堂へ案内するように言われておりますが、これは相楽さんのお気持ち次第です」

伯耆の投入堂は華道の〝瓶華〟からきているのだと聞いたことがある。壺や瓶に花を投げ入れるようにいける形式そのままに、深く、えぐったような谷間にお堂がお堂として投入れられているという。しかし、だれが何のために建てたのかは不明とされている。

「宿から近いのですか」

「はい。温泉場からは裏山といった感じのところにあります」

「どなたの発案ですか」

「私は工場長から言われましたが、たぶん社長の案だと思います」

「砂田さんは社長になられましたか」

「いえ、皆さんがそう呼んでいるだけです。私は直接聞いておりませんが、前の社長が戻った時、社長が二人いてはまずかろうと言ったそうです」

投入堂への道は険しかった。木の根をまたぎ、チェーンにすがって崖をよじ登る道が続いた。砂田さんが「ピクニックの恰好をしてきてください」と言ったのは、その時すでにこのことを想定していたのであれば、何のためにそう考えたのだろうと思いながら汗を流した。三徳山の九合目と思しきところに三佛寺があり、一休みし、汗を拭き、身を清めるように口を濯ぐと「もう一息です」と言われて堂にたどり着いた。

お堂は、地滑りがあったようなえぐられた谷間の一番高いところに据えられている。匠の手が入った立派な作りで、裏日本は地震が少ないといえ日本のうちであるから、あったであろうそれにも耐えて古色を残している。人が近づくことはできない。

そうしたお堂を眺めていると、砂田さんが「お堂を見て来い」と言ったのは、安易に人が通わぬところへこのような精を凝らしたものを立てるということかもしれないと思い、無性に砂田さんに会いたくなった。

砂田さんの訃報を聞いたのは冬になる前だから、その時から三カ月と経っていなかった。満は決心がつかないでいたので連絡はしていなかったし向うからもなかった。その間砂田さんが苦戦している噂は耳にし、それは山の境界のことだとも聞いていた。

山も、満足な木も生えない岩山であるうちは地球上にかすれた線で引いてあっても気にならないものだが、岩がお金を生む宝物だとなると、その線はいい加減なものでは済まなくなる。まして前任者がいないところでは向こう側の声だけが大きくなっていたようだ。砂田さんは〝心を鬼にしてよかったのかどうか〟反省をする時間もなく旅立ったらしいという話だった。いずれにしても満の決心を聞いてくれる一人はいなくなった。

満は心の中に風が吹いているような日々を過ごしながら、まだ決心がつかないでいた。その時期、世間的な意味での生活は安定していた。工場のある四日市の隣の鈴鹿市に、クレーン屋にいた時義兄が建ててくれた家を売って散財しないうちにと、来て早々に土地を買い家を立てた。子供は三人、小学六年を頭に、男男女はみな小学生になっていた。クリスチャンでもないのにクリスマスにはケーキを買い、夏は新潟・池の平の親会社のスキー場の保養所へ家族で出かけた。結婚する以前から自家用車は持っていた。心の中をのぞけない周りの人には、それは過不足のない暮らしに見えただろうと思える。

富山・八尾にナマズの養殖場を見に行ったところ、得意先の一社から、特殊な引き合いがあった。既存の砂利選別プラントの中に、幅の狭い砂利のバイパスを作るというもので、図面と口頭でいいという価格を示しておいた。普通の砂利は二五〜五ミリの中にあるが、この場合は二〇〜一〇ミリの砂利であった。

構造や技術的には難しいものではないが、引き出しの改造とかストック、折り返しなどでそこそこの金額になった。時間がかかるのかと思ったら日を措かず呼ばれ「予算がないんだよ。

この金額でやってくれないか」と言ってきた。指値は口頭のものの二割引きであった。

「ちょっと無理なようですね」満は言った。

「水臭いことを言うなよ。これで何とかするというものもいるんですよ」担当者は図面を町工場に見せたらしかった。

「ちょっと考えさせてください」

持ち帰って相談しても一割引きでも断る人が二割引きをＯＫするはずがない。しかし、その中にあるメーンの機械は仕事のない時だっただけに欲しかった。満は懇意にしていた鉄工場を訪ね、いきさつを言うと、社長は「ちょっと算盤をはじかせてくれ」と言い、帰社後すぐに電話をくれた。

「機械を代理店並み価格にしてくれとは言わないが、それなりの面倒を見てくれれば受けましょう。困った時にはお互い様だ」

満は先方の了解も得た。

「メーンの機械を鉄工所に売る形にします」

「設計はどうするのか」と吉田智専務は言った。

「もちろん向こうで書きます」

「トラブルがあった時はどうするのか」

仕事をしなければトラブルも起きない。その代わり個人としても会社としても当然飯は食えない。当たり前のことである。努力した結果が思わしくなくとも、それを乗り越えてこそ進歩があり、満足感が得られる。

満は横を向きたくなるのをこらえて言った。

「機械は当社製ですからそこでのトラブルは当社の責任です。それ以外は全部向こう持ちです」

「間違いないだろうね。とにかく苦情の尻を持ち込まないようにしてくれればそれでいい」と言ってなぜか笑った。その空虚な笑いが、満の心の内では決まっていたものを形の上での一歩を踏み出させた。

満は決心がついたことと、富山八尾のナマズ養殖場へ行ったことを、松阪の砂利プラントの清原社長に話した。

清原社長も満の落胆を気付き、いろいろ話すうちに「決心したら相談に来なよ」と言ってくれた一人であった。彼はナマズの養殖が岐阜大学の先生の指導だというと「それは奇遇だ」と言って電話をとった。

清原道夫の実家は伝統のある造り酒屋であったが、彼はどういうわけか、酒が苦手であった。

若いうちは家業から逃げまわってチンピラまがいの生活を送っていた。所帯を持つ時に約束されて砂利プラントを任され、居場所を得た。兄弟の従兄弟があって、その兄はその時県会議員で、衆議院を目指していており、弟が造り酒屋を継いでいた。

「ちょうどよかった。ちょうど今、こちらの事務所にいて、話したら三十分程したら来るそうだ」兄の県会議員が岐阜大学出身だというのである。

「いつも兄がお世話になっております」と言って入って来た男を見た時、一瞬戸惑った。社長とは似ていないし、白皙長身でフチなしメガネの風貌は象牙の塔の人のようであった。

「ええ、駒田先生はよく知っております。〝アユの駒田〟といえばその世界で知らない人はいません。長良川の人工アユ養殖所も先生の指導で成り立っています。私は学部が違いますから直接話したことはありませんが、長良川河口堰の縁で何度か顔を合わせたことがあります。先生は最初反対でしたが途中から賛成側になりました。私はずっと反対派でしたので顔を覚えているかもしれません」議員らしく声もはっきりしているうえに、地の訛《なまり》もない。「早速連絡を取りましょう」と気軽に立った。

「歓迎すると言っております。来週の月曜日の昼前なら都合がいいと言っておりますがどうですか」と受話器を持ちながら言った。

「私は岐阜に行きますと別に行くところがありますので、紹介をするだけで同席することはできません。現地でお会いしましょう」

「先生との話を聞かせて下さいよ。応援することもあると思いますから」と清原社長が言った。

満は八尾の谷中さんに電話した。

「駒田先生にお会いすることになりました。その上で近々お伺いすることになるかもしれません。いいえ一人です。先日一緒した市原は〝俺には無理だ〟と言いまして」

三　長良川

夏枯れや新幹線にて旧知と会

満は堀井弘樹を東京に訪ねて、四日市の子会社を辞める決心したことを話した帰りの新幹線で、トイレに立った時、図らずも「相楽君じゃないか」と呼ばれて驚いた。

列車は満員であったので乗降口まで行って、立ち話の最初に「久しぶりだね。何年経つだろう」と言った中村敏明は同世代で、その会社の職場は違うが、労働組合では何年か一緒に役員をした仲であった。

「そう、クレーン屋に四年いて四日市へ行ってから八年だから、ざっと十二年ということになるかな」

満はそう言いながら、十二年前の春闘で九四パーセントのストライキ賛成票を得ながら敵前敗走したようなことを思った。あの時も中村敏明も一緒だったが、間際になって吉田智を中心とした労働組合の分裂の動きは知らず、二、三の執行委員と「おい、何があったんだ」と追いかけ回されたことがあった。

「四日市に行ったことは聞いていたけど、今は誰？」

「吉田さん」

「ああそうか、吉田智さんだったな。縁があるね君とは。上司としての吉田さんはどう」

「真面目な人ですよ。あのころと変わっていない。この辺がちょっと小さいのも変わりませんが」と満は胸を押さえたが、その人と決別することは言いたくない気持ちが働いて触れなかった。言えばそこに至ったことなどに進んでゆくであろうが、二人の間では実になる話になっていくとは思えなかった。中村敏明はその会社の主業である「ポンプの試運転の立会いに行くところだ。広島へ」と言った、その言を続けて、

「会社は大きく変わり、さらに変化して行くようだ。兵隊帰りもすっかりいなくなったしね。〝もはや戦後ではない〟と言ったのは誰だっけ」

「池田勇人ですよ」

「そうだった。あれから十五年も経つのだから変わらなければ時の流れについてゆけないからね」

「田舎にいてはその辺のところはよくわからない」

「いま千葉に新しい工場を建てていることは聞いているね」

「風の便りくらいはあるね」

「その工場は現時点での電子技術の最先端を取り入れたものになるそうだ」

「そう言われて思い出した。K重工で見たことがありますよ。あそこのパイプ構造の建屋は知っていますね」

「俺は橋桁を見たことがある」

「あの大小のパイプの接続のところをね、機械に図面を見せるだけで切断してゆくんですよ。あそこは一人前以上の職人が一ヶ所だけで一時間以上も時間をかけて型取りしないとできないところですね。恐ろしいくらいでしたよ。K重工の人が〝そのうち鉄板でもこうなる〟と言っていました」

「田舎にいてもそういうところは見ているんだ。さすがだね」

「いや田舎へ行く前でしたよ」

「俺たちが井の中の蛙だっただけか。とにかく社運をかけたものらしい。完成すれば、いま建設責任者の堀井さんが取締役工場長になるだろうと言われている。殿様社長が終わるのも意外と早くなるかもしれない」

その会社は井口在野という技術者の『渦巻きポンプ』の理論と特許を、加賀の小大名が企業化したのが発祥であった。

前夜、いま話題あがった堀井弘樹に会った時、そういう彼の方のことは一切なく、もっぱら満の身の上のことに終始した。

「ナマズって、地震を起こすだけじゃなくて食べてもうまいものなの」

堀井弘樹は、会うと久闊の挨拶も早々に言った。

「岐阜の養老の滝は関ケ原の南ですが、その十キロほど東に千代保というお稲荷さんがあります。お稲荷さんですから商売の神様ですが、その門前町にナマズを食べさせる店が並んでいます。ウナギに似ていて、それより淡白で、私はこの方がうまいと思いました。値段はやや高いようです」

「だけど一般にはよく知られていないが、なんでそんなものを選んだのかね」

満は駒田先生からの又売りをかいつまんで話した。

約束によって、松阪の砂利プラントの清原社長のいとこにあたる、三重県議・清原道弘と岐阜大学の奥まったところにある『駒田研究所』を訪れた時、かつては長良川河口堰建設反対の同志であった二人は「やあ」「やあ」と、友達のような挨拶を交わした。駒田教授はおよそ大学の教授という風貌ではなかった。着ているものも作業服の恰好であったし、眼鏡ではあったがフィールドワークが多いのか日に焼け、一見土木技師のようであった。対手が後輩のこともあってか言葉も地の言葉で声も大きかった。歳は五十年配とみられた。いずれにしても白皙長身でインテリを形にしたような清原道弘と好対照であった。

「この方が先生にお会いしたいという方です」清原道弘は満を紹介し、「駒田先生は日本のアユの第一人者でしてね、アユの人工養殖にも成功されました」と言った。

「八尾の谷中さんから電話がありました。ほう、課長さんですか。いろいろ事情がおありでしょうが、そのことは聞きません。しかし、そういう立場まで放棄してナマズに取り組むというのであれば、私どもが研究してわかっていること、注意すべきことはできる限りお伝えしましょう。清原という論客の後輩のお知り合いでもありますから」

「先生は長良川河口堰の魚道の設計もなさりました」

「あの時は君たちにいろいろ言われましたな。私は河口堰の初期の設計にアユやサツキマスなどの遡上のことが配慮されていない点で反対というより、疑問点を指摘しました。いろいろ話し合っているうちに、国の方で、それでは一任すると言われ携わることになりました。それを清原君たちは寝返りだとさんざん非難を投げたものです」

「昔の話です。世間のことをよく知らない学生時代のことですから」

「噂では今度衆議院に出ると聞いていますが」

「はいその予定です。そのためにこの後こちらの知人を訪ねる予定にしておりますので、早々にご無礼するつもりです」

「どうぞ、どうぞ。そちらの方でも私の役立つことがありましたら言ってください」

駒田先生は清原道弘が席を外すと満に対した。

「私は長良川河畔で生まれ、この川で遊び、成人してこうして長良川に関した魚屋になりました。好きなことをやって暮らしているのですから幸せといえば幸せで、ありがたいことです」

満はそれを聞いて同感することがあって、その後別な仕事をすることになっても親交し、先生が二十余年後に他界するまでその関係は続いた。

「ところで相楽さんは東京生まれだそうですが、岐阜県についてどういうイメージをお持ちですか」

「そうですね。飛騨山地を抱えた山国だという印象があります」

「事実そうです。ここから北は山ばかりです。奥が深く、県の四分の三は山間地です。また海岸線を持っておりません。したがって岐阜で魚屋というと河川の魚ということです。県央が分水嶺になっておりまして、飛騨から向こうの川は日本海に行きます。南に来るのは揖斐川、長良川、飛騨川の三本で、飛騨川は美濃加茂で木曽川に合流しますから、木曽三川と一般には言われますね」


駒田先生はそういう事情の中でアユの、続いてナマズの養殖に至ったことを述べた。

木曽三川の作る沖積平野が濃尾平野で、この平野の半分以上が岐阜県で、ここまでくると山国が一転して水郷地帯となる。

また例えば、養老山地からの伏流水が姿を現す大垣市などでは奥深い内陸にあって、運河が縦横に走り水の都とさえ言われている。海から遠いためにこれらの地帯の人々は川からの恵みで蛋白を補ってきた。

そうした川魚の中で、何と言っても最大のものはアユで次がウナギである。

まずアユのことから考える。アユは秋に落ちアユとなって河口まで行き、産卵し、汽水域で成長し、春になって遡上する。高度成長期、河川が河口での汚れがひどく、清流を好むアユの遡上は激減した。

　一時は岐阜の一大産業である『長良川の鵜飼い』が立ち行かなくなるかもしれないとまで心配された。幸いなことに岐阜市に入るところあたりから上は汚染もそう進んでいなかったので、湖産アユを放流することで持ちこたえた。

　因みに、湖産アユというのは琵琶湖で取れるアユのこと。日本中にいるアユと同じアユだが、琵琶湖に回遊しているアユは佃煮にする程度しか大きくならない。同じアユである証拠に、琵琶湖に入ってくる川——愛知川や、浅井長政の姉川を遡上するものはちゃんとなわばりを作り、大きくなる。ばかりでなく、長良川にしても木曽川にしても放流すれば海からくるアユと同じに藻を食み、普通のアユとなる。環境の違いだと思われる。

「もうだいぶ前のことですが、宮地伝三郎の『アユの話』を読みましたが、そこにもその辺のことが書いてありました」

「ほう、『アユの話』を読みましたか。あの中には実際とは違うところが多々ありますが、何しろ宮地伝三郎という大家の著書ですから独り歩きしたらもう止めることができません」

「そういうものなんですか」

「そういうものです。しかし、相楽さんはこういうものはよく読まれますか」

「いえたまたまです。ただ自然のことを調べたり、観察した記録などには興味があります」

「あなたはうまくいくかもしれませんね。こういう仕事は金もうけは無論大事ですけど、その前にまず子供みたいな興味があるかどうかということが大事で、これがないと決してうまくいきません。あなたにそういう興味があると聞いて安心しました」

しかし、湖産アユの漁獲量は年によって変化が激しく、供給元が限られてくると必然的に値段が上がってくる。岐阜県では何とか人工養殖できないかと大学に相談があり、それまで長良川の魚類と漁法の研究していた当時助教授だった駒田先生が中心になって十年前から始まった。

五年たって放流の段階まで一応成功し、そのあと二、三年して安定的に供給できるようになった。それからのちには、成魚までに研究を続け、今はそれも完成の段階にある。

「ここから十分くらいのところにその施設があります。そのうちご案内しましょう」と駒田先生は言った。

アユを放流するまでの段階が目安をついたところで、もう一つの――ウナギの問題にも取り掛かることになった。

春先に南海からやってくるウナギの稚魚は最盛期の一割にも満たないと言われている。しかし、ウナギはそう簡単に人工養殖できるものではないことは周知のことである。第一、ウナギはどのような環境の下で産卵し孵化するのかがいまだよくわかっていない。代替としてナマズで行うことになった。他地方ではあまり聞かないが、揖斐川筋では、昔からウナギよりナマズの方が日常的であった。

ちょうどその時、ある人を通じて、川魚の養殖をやりたいと言ってきた、八尾の谷中さんに話すと〝是非に〟ということで研究に参加することになった。

いずれにしても、今の状況を見ていると、ウナギは自然の生産が豊かであった時代の一割程度しか採取されず、回復されないと予測されている。また現在その穴を埋めているフランスからの輸入もいずれ同じようなことになるといわれている。反対に生活が豊かになればなるほど、人はそういう高級なものを求めるから、その穴を埋めるナマズの養殖は将来を見据えたものと言っていいものだろう。

どの魚の養殖でも孵化直後の餌のことが問題になる。稚魚は一体にプランクトンを食べるといわれているが、プランクトンにもたくさんの種類があるし、こういうものほど人工養殖することが難しい。

いろいろ調べた結果、アユはプランクトンより少し大きい〝ワムシ〟を食べて育つことがわかった。いずれにしてもこの時期のえさは〝生餌〟であることである。しかし、淡水と海水がまじりあう汽水域を自然のような状態のものを作るのは至難の業である。

〝ワムシ〟に相当するものとして陸上の湖沼に〝ミジンコ〟というものがいる。ミジンコは流れの少ない、ということはきれいではない沼などに、春先、水面をピンク色に染める虫である。一匹を虫眼鏡で見てみると蚤のような姿をしている。

自然の摂理によって、ミジンコはアユが稚魚の時期はまだ現れない。しかし、これは人工的に育てることが可能なので、アユの稚魚に与えるとよく食する。同時に稚魚用に開発した餌を混ぜて与えるとそれに慣れ、成長する。

アユとナマズの違いは、アユの成魚は藻をこきとって主食とする草食系である。一方ナマズは小魚やミミズなどを食べる肉食系である。幼魚の時代でもミジンコという生餌が十分でないとオタマジャクシと姿形、大きさが変わらぬのに共食いを始める。共喰いが始まるとその味になじんでしまうのか、人工餌などは見向きもせず、お互いの生き残りをかけた戦に明け暮れる。よって、大げさな言い方をすれば、ナマズ養殖の要諦は、ミジンコを与えることと、その段階のうちに如何にうまく人工餌に馴染ませるかということである。

「話を聞いていると、なんだか曲がった穴に糸を通すようなことのように聞こえるね」

堀井弘樹は、満の話が一区切りすると言った。

「はい、駒田先生も、一通りの道筋はできたけれど二、三年、あるいはもっと長く困難が時期があるだろうと言っていました。またこうも〝しかし、簡単なことは誰でもやれる。困難のことが大きければ大きいほど乗り越えた価値も大きい〟とも」と言いながら満は、その言葉を聞いて、それまでおぼろげであった〝ナマズ屋〟への踏ん切りがついたことを思った。

「それにしても悲壮感が伴うなぁ。悲壮感は話としては面白いが、実際の暮らしの上では愉快なものではないよ」

「進退窮まったら何か出てくるのではないかと思うんです」

「何もそんなに追い込んで考えなくても…、それとしても奥さんの了解はとったのだろうね」

「ちゃんと話しましたよ。おかげ様でというのも変ですが、貧乏になるかもしれないと言ったら、〝子供の時から慣れているからそれは大丈夫〟と言いました」

「失うものは何もない強みか。しかし、相ちゃんが、どうしてもそっちの道を選ぶのかということがまだ理解できない」

「私はわがままなんだと思いますよ。大きな組織の中の一部として仕事をすることに馴染まないのではないかと自分でも思う時があります。町工場で四年ほど働きましたが、あの時は働くことが楽しかったものです。いろいろな難題が持ち上がっても逃げ出したいなどという気が起きませんでした。そういう経験をしてしまったことがいけないのかもしれません」

満は大変なスピードで飛んでゆく窓外の景色をぼんやりと見ながら、堀井弘樹が話の終わりに言った言葉をかみしめていた。

「相ちゃん」とお互いが若いころ呼んでいた言い方をした。

「相ちゃんが楽しいと思ってやっていけるのなら、それが一番いいのかもしれない。しかし、やっぱり相ちゃんが音を上げるのを待っている。挙げないだろうが挙げる方に期待する」

お互いを「ホリさん」「相ちゃん」と日常に呼び合っていたことの様々が頭の中を駆け巡る。一番最初に声をかけられたことはその時から十五、六年前のことながら鮮明に思い出せる。

堀井弘樹が満のいた職場の係長として任についた間もない時であった。まだ食堂もない時代で、満たちは作業場の一角に、適当にたむろしてパンなどをかじって昼食とし、将棋を指し、囲碁を打っていた。満は将棋から囲碁の転換した一人であって、そういうものが四人いた。

どんぐりの背比べの四人は、それぞれ頭一つでも先に出ようと、リーグ戦をしてその星取表をつけ、記入すると脇にかかっていたカレンダーを前に下げた。それを堀井弘樹が見ていた。

「相楽君といったね。それは何かね」

「あ、すみません」昼食の時間の終わりの合図があった後なので、それをとがめられたかと思い、まず謝った。

「ザル碁の星取表です」

「ほう、囲碁を打つんですか。同期の村上文祥が言ってたが、囲碁は面白いらしいね」

「天下の文祥さんと同期ですか」

「文祥はそんなに有名ですか」

「少しでも囲碁を打つ者ならば、新日鉄の菊池康郎とともに知らない者はいません」

「対戦したことはありますか」

「とてもとても。去年の碁・将棋大会の時、文祥が来るといって大騒ぎしましたが、文祥さんは碁の相手がいなくて将棋を指していました。その辺の天狗でもレベルが格段に違います」

そういうやり取りをした。

その職場も、というより工場全体がまだ戦後のざわざわした雰囲気を残していた。工場は羽田飛行場の隣にあった。その境界近くに戦時中の爆弾が落ちた穴があって、池になっており、周りに葦などが生えていた。(誰が放ったのか)コイとフナが住んでいて、昼には竿を持って訪れる者もあったりした。

働く姿も戦前とあまり変わらないものが濃く残っていた。満の職場は工場内の鉄工所であった。戦前、職人たちはそこで場所と諸道具を借り、材料支給の請負で作業をしていた。職人の下で働く者はその職人のもとにあり、直接会社に属していなかった。徒弟である。

戦争中にそういうものが成り立たなくなって、以来最下位の新入生の者も直接会社に属する一介の労働者になった。したがって賃金も直接会社から支払われる。

しかし、日常の作業の進め方は以前と同じであった。四、五人のグループ単位で作業をし、技量の伝達もその中で行われていた。中心の職人を(たぶん)ボースン(甲板長)がなまった棒心と呼び、軍隊言葉が流れてきて、〝班長〟と言っていた。グループの単位を〝組〟とも言っていたが、〝組長〟では暴力団になってしまうので嫌ったのかもしれない。班長を四、五人束ねたものをやはり軍隊言葉そのままに〝伍長〟と言った。三、四人の伍長を束ねたものを〝職長〟と言っていた。その当時その職場には百人ほどの労働者がいた。

満が就職難の時代に、その職場に職を得たのは、彼の兄が時の神川職長への依頼によった。神川職長は戦後の労働組合隆盛の時期、何期か委員長を務め、その勢いのままに東京都会議員に当選し、兄は同じ労働組合のつながりで応援した関係にあった。普段、神川職長は〝おやじ〟と呼ばれていた。

〝おやじ〟神川職長が決まりの五十歳定年で去って、学卒の係長・堀井弘樹が代って赴任し、時代の動きに合わせた改革をした。

時代は〝戦後〟が消えてゆく中で、生活が落ち着きを取り戻しつつある一方で、激しく動いていた。「六十年安保闘争」が終息すると、池田隼人という戦後政治家が登場して「所得倍増」の旗を掲げて日本人を励ました。それは敗戦からこの方、日本人はアジアばかりか世界中に迷惑をかけて、この世界でまともに顔を上げて生きてゆけないのかと沈んでいた人々を目覚めさせた感があった。

司馬遼太郎の『竜馬がゆく』が出たのは二年後であるが、それもそういう時代の雰囲気から必然のように生まれたものであろうかと思える。

仕事の現場ではそれ以前から激しく動いていて、旧来の組織や思考では追い付いていけない様子になっていた。何しろ電気洗濯機や電気炊飯器が普通の人たちにも買えるようになった時代でもあった。

日本の生産力が回復しだすと、アメリカから新時代の機器が技術提携という形で流れて来、満の職場にもその一部が来た。それは、ビルの冷暖房装置であったり、サトウキビや甜菜糖から砂糖を製造する諸機器もあった。

鉄鋼の製造に高炉が建ち上がると、そこで使われる大量の冷却水を浄化し、循環させる装置が必要となるが、その時は大変だった。アメリカの図面であるから、当然、英語で書かれている。寸法はヤード・ポンド法のインチである。したがって、図面をそのまま工場に持ってきても作業ができるわけがない。先に挙げた冷暖房機や、砂糖の蒸留器などと同じように、その高速沈殿装置も日本語に直され、数字はメートル法に書き換えられていた。最初は。

製品が望まれていた時期に適したものであったものか、しばらくすると、向こうから来た図面の英語の部分を鉛筆で訂正した、そのままのものが来た。書き直す時間がないのだという。

そのころはその機械の基本的なことは作業する者でもわかっていて、あとは処理能力や流入するものの汚染濃度の違いによって変化することであるから、英語は読めなくとも製品つくりはできた。問題は数字である。

日本は国としてメートル法一本になったところで、ヤード・ポンド法ばかりでなく尺貫法も使用を禁止され、その物差しを売ることとさえ止められていた。

米・英のヤード（〇・九一四メートル）はメートルの単位と進み方が全く違う。一ヤード＝三フィート。一フィート＝一二インチであり、一インチ（二五・四ミリ）以下はない。それより小さいものは日本人に馴染みのうすい分数で刻んでゆく。

そのような図面を渡された現場では当然パニックになった。

そのころ作業の中心にいた〝班長〟は大正生まれの兵隊帰りであり、人生の中で尺貫法のなじみが深かった人たちであったから無理もなかった。まして英語が氾濫し出しているとはいえ日常の生活には入ってはいなかったから、図面をよく見れば見慣れたものであっても、英語で記されていればそれだけで頭が拒絶反応を起こした。

〝おやじ〟神川職長が班長の中の若い一人を連れて設計と打ち合わせに行く時、「お前も来い」と言われて満はついていった。打ち合わせは長くかからなかった。

機械として基本となるところの数字は、図面は土木にも渡っているだろうから、きちんと計算してメートルに置き換える。内部の機能を損なわない部分は近似のメートル寸法にし、それを現場で行い、設計は清書する…ということになった。

若い班長も、満もすべての機械や材料はヤード・ポンド法が基礎になっていることを承知していたから、そうした作業はそれほど難しいことではなかった。

「英語は直さなくてもいいですよ。どうしても必要なら辞書を引きますから」ということで落ち着いた。そのような経緯を、工程管理の職にあった堀井弘樹は横から見ていた。

堀井弘樹は、その時代では珍しかった『溶接工学』の出身であった。

溶接というのは鉄と鉄を接合箇所で電気のアークで溶かし、接合することであり、アークは私たちの日常経験ではスパークと同じことである。スパークは非常に高い温度を出し、一瞬にして鉄を溶かす。しかし、ただ溶かして接着するだけでは、空気中の酸素も混入する。酸素が混入するということは酸化することで、錆が出ることと同じであるからこれは脆い。したがってスパーク中に酸素が入らないシールの可否が勝負となる。この技術が戦中に著しく進み、大型の船の製造が可能となった。

しかし、これは製造技術の一部を精密に極めたことに過ぎない。たとえを医術にとれば、整形部門を極めたことで、医学全体のことに熟知したことにはならない。

鉄工所の仕事は、図面に書かれた立体形のものを、平らな鉄板に型取りすることから始まる。洋服屋さんがスケッチを見て仕立てるのと同じである。裁断して縫い上げて洋服となるが、縫う作業が溶接に相当する。

その時仕立て屋さんに優劣があるように、鉄工所でも図面を解体して平面の鉄板に型取りする職人の優劣というものがある。そうしたものは長くその作業環境の中にいればすぐわかるが、経験のない目にはなかなかわかりにくい。

ところで、図面を解体して、鉄板に型取りすることを職業言葉で〝展開〟といい、また〝図面を読む〟とも言った。例えば「あいつは図面が読める」といえば〝あの男は展開を含んだ作業全般に明るい〟ということになる。

堀井弘樹は、満と立ち話をした後、しばらくしてある程度作業全体の流れがつかめるようになった時、たまたま満が展開の作業をしている時に通りかかって声をかけた。

「相楽君、君はその展開をどこで覚えたのかね」

「僕はここへ来る前に、職業訓練所に半年通いましたが、その時初歩を教えられました。それからあとは本を買って覚えました」

「そういう本があるんですか」

「『板金作業』という本にあります。樋から下へ流す漏斗状のところは展開しないとできませんから」

「ほかの若い人はどうしているんですか」

「さぁ、よく知りません。教える人もいますし、班長でも苦手な人もいますから」

「班長でも展開をできないものもいるんですか」

「さぁ、そのこともよくわかりません。ただ彼らがその作業をしていることを見たことがありません。展開する必要のない仕事もありますから何とも言えませんが」

「班長でも優劣があるんですね。その辺のところをもう少し教えてくれないか」

「私の独断でよければ」

「独断の方がいいよ」

満はそうは言ったものの、言葉や文章ではわかりずらいだろうと考えて、一人前の職人を十点として数字で表すことにした。これなら細かい蛇足を述べる必要もないし、グループとしての力量も一目してわかる。

「あくまで独断ですから、間違っているとか、これは変だということはありません。ただし、それがゆえに係長以外のものに見せては困ります。とたんの私は村八分になってここに居られなくなりますから」

堀井弘樹は、「わかった」というと、二、三日して「よくできているね。あれを下敷きにしてみんなの仕事ぶりを見るとなるほどとよくわかる。ありがとう。バイブル並みに扱うよ」と囁いた。そしてそれ以来「相ちゃん」と呼ぶようになった。

ある時、堀井弘樹は満に「ちょっと相談がある」と声をかけた。

「作業全体のマニュアルを作りたいと思うんだ。手伝ってもらえるかね」

「いいことだと思いますが、私が手伝うのはどんなもんでしょうか」

「なんで」

「伍長や班長が目をむきます」

「ああそうか。それもそうだ」

堀井弘樹は、工程係に伍長・班長から作業の手順を聞き取らせ、それを満が手を入れる形にして『マニュアル』を完成した。しかし、それを目のあたりにした時、伍長・班長は猛反発をし、堀井弘樹はたじたじとなった。無理もなかった。仕事は口と手で教えてゆくものだとしていた者たちにとっては、それを書いたもので頭越しに伝達されては、その立場がなくなる。

堀井弘樹は言った。

「これからは能力のある者がどんどん活躍してゆく場を与えていかなければならない時代になる。それは経験も年も関係がない。才能を持っているものが早く一人前の域に達するようにみんなで協力し、競争しあっていかなければならない。その時今のように各組で作業の進め方や記号が別々では困るのだ。また、例えば今はないが、もうすぐ製品を輸出する時代が来る。その時、日本語は喋れると威張っているだけではどうにもならない。要するに世界を相手にする時代が来るのだ。今からその準備がこの手帳だと思ってもらいたい」

そうして従来の組を解体して、縦割りであったものを横割りにした。鉄工所の仕事は大雑把に言って、図面を見て『型取り』をし、『切断』し、曲げたりして『成型』をしたものと、機械加工品を随時取り入れ『組立』て、『溶接』する工程を経て製品にしてゆく。それまでそれぞれ一国一城の主の如くそれぞれの組が仕上げ工程に廻すまで行っていたものを、工程ごとのグループ分けをした。組の垣根は全く低くなったし、教育は係長のスケジュールの中に入った。

時代は日々のように動いていて、工場でも変化はめまぐるしかった。職場に働くものは、出勤するとロッカールームで着替え、ヘルメットをかぶり、決まった作業服を着、安全靴を履き、昼は食堂へ行った。

満は三年ほど労働組合に出、その間中古で故障が絶えなかったスバル360に乗り、懲りてパブリカを買った。帰って来た時、その職場にも高校出の労働者がいて、彼らはおしなべて頭一つ背が高く、連中と話す時は上を向いた。が、たくさん話す間もなく、義兄が迎えに来てそこを離れた。

「相ちゃん、旅をして来いよ」と言って堀井弘樹は送り出してくれた。そしてその言葉通りに四年後、クレーン屋を辞める羽目になって再び彼のもとへ行き、四日市へ行った。思ってみれば、直接彼のもとで働いた期間というのが意外と短い。しかし、それまでも、それからも満は仕事の上で行き詰った時、〝こんな時は堀さんならどうするだろう〟と自問して乗り越えてきた。多岐な遍歴のもとで多くの人に出会ったが、堀井弘樹とはそういう形でつながっていた。またそのたびに人生の中で彼に出会ったことを幸運だと思った。

満は工場に退職の意思を伝えると、ナマズ屋の準備に取り掛かるべく、何よりもまず富山・八尾の『谷中養魚所』を訪ねた。

その前にお金の段取りをつけておかなければならない。財産を持っているわけではなかったから、家を売るより方策がなかった。このことで囲碁をやっていることが幸いした。

クレーン屋の時と違って、サラリーマン時代は、時間があったので囲碁に熱中した。そのころは私鉄でも急行が止まるほどの駅であれば、ほとんどの場合、近くに『碁会所』がありそこにもあった。

鈴鹿へ来てとりあえずアパートに落ち着いて、案内も疎い時、住宅地の中に土地の売り出しがあると教えてくれた市会議員もそこで知り合った。今回も碁仲間に不動産屋も土地家屋調査士もいて値踏みしてもらい、心が決まった時に彼らに「じゃぁ頼むよ」と言えばよかった。

それにしても、家は〝家屋敷〟と呼ぶには程遠いプレハブを家らしいものに格好をつけたものであって、「こんなものが売れるのか」と心配していたが、「家はどうでもいいんですよ。価値があるのは土地だけですから」と不動産屋が言うとおり、予想していたより高く値が付いた。

学校や商店も近いという環境もよかったのである。そして一方では松阪の清原社長が移転先の場所の物色に精力的に動き回ってくれていた。

『谷中養魚所』の見学は、今度は自分もそういう施設を作らなければいけないので真剣に見、そして聞いた。

「卵をとる親魚はどうするんですか」

「メス一に対してオスが二の割合です。メスは三匹あれば十分ですが、それくらいは春になれば近所で取れます。お宅の方では簡単なのではないですか」

「オスとメスは私のように素人が見てもわかるものですか」

「大きさも体形も違いますからすぐわかります」

「それをこの採卵槽に入れてやれば卵を産んでくれるんでしょうか」

「たぶん生むでしょうが、間違いなく産ませるためにホルモン注射をします」

「魚に注射するんですか。何か特別な道具がありますか」

「いえ、普通の注射針です」

「経験がなくてもできますか」

「ちょっと無理かもしれません。それに卵を産み付けるシュロのこともありますし」

「それは何ですか」

「水草替わりです。天井を掃除するブラシの大きくしたようなものです」

「そんなものも売っているんですか」

「はい、岐阜で。駒田先生の大学の近くで作っています」

「春が来た時、こちらでそうして採卵してそれを分けていただくということはできますか」

「最初はそれがいいかもしれません。そういう方も二、三いらっしゃいますから。一緒にやる日程を組みましょう」

四　陽子

相楽陽子が夫の満から、「やっぱり会社を辞めるかもしれない」と言われたのは、彼女の一家にとって特別な日であったのでよく覚えている。

その頃、会社の夏休みは新潟の妙高高原池ノ平の親会社の保養所を訪れることにしていた。三泊か四泊で、その年も三泊の申し込みをしてあった。

池ノ平は、スキー場として有名な赤倉温泉の隣で、そこもなだらかなゲレンデが広がっており、初心者に好まれるところで、満たちは若い頃よく通ったと言っていた。冬に限らずいつでも親会社の社員かその類族であれば泊まることができたし、宿泊費も全く安いので、夏に家族連れで行くものがあった。交通手段として自家用車に乗れたことも、一介のサラリーマンにもそういった避暑めいたことのできる時代になったのかもしれない。

陽子の家族がそうした夏の一時を過ごすようになったのは四年前からであった。子供たちが、新潟へ行くのを楽しみだと思うようになり、とくに次男の夏樹が記憶力が良く、助手席に真っ先に席を占めると、「ここを曲がって大きな橋を渡るとそば屋さんがあって、そこでお昼になるんだ」などと言い、また前の年の最初の日はどこへ行き、二日目はあそこへ行って遊んだなどと言った。その時はその夏樹が小学校の五年生で、兄の春樹は中一であり、妹の皐《さつき》は二年生であった。

しかし、その年は行く時から、満の様子がいつもの年とは違って、黙りがちで冗談を言うことも少なかった。そして一晩泊まった次の朝、その日の予定を相談する前に「ちょっと電話してくる」と長い間話した後、「これから帰る」と言い出した。

「なんで？　来たばかりじゃない」

「仕事でお客さんのところへ行かなければならなくなった」

「どうしても行かなければならないの」

「約束だから仕方がない」と言い、子供たちには「今度ナガシマスパーランドへ行くから」とお茶を濁した。

保養所を出る時、管理人が出した請求書に長距離電話代として六千二百円という大金に、陽子は驚いたのでそのことも覚えていた。

満は高速道路に入ってちょっと休んだだけで一目散に帰ってみんなを降すと着替えもせずに出かけた。帰って来たのは夜が来てすぐである。

「早かったのね。ご飯は」

「途中でラーメンを一杯食ってきたからいい。お茶をくれ」

満はこういう時でも酒どころか、ビールも飲まなかった。これが良いことなのか悪いことなのかはわからない。家計の出し入れをしている者にとっては助かることではあるが、何かゆとりというものがないようにも思えた。

「やっぱり」

一息つくと満は言った。満は普段は会社や仕事のことをほとんど言わない性質《たち》であったが、ここへきて思い悩むようなことを不意に口にするようなことがあった。

「会社を辞めることになりそうだよ」

「そう。苦しいの？」

「苦しいということではないのだが、会社へ行く張り合いというものがないんだよ。俺たちサリーマンは人生の大方の時間を会社で過ごしているわけだから、そこへ行くのに気が萎《な》えてしまったら、何のために人生を刻んでいるのかわからない。別に喜び勇んでという程でなくても、いやな思いをしてまでも働きたくはないんだ」

「それで辞めてどうするの」

「まだ決めていない」

「また引越すの？」

「それもまだわからない」

「ここはいいところなんだから、引っ越すのは抵抗があるわ。子供たちもすっかり馴染んでいるし」

思えば結婚してから十三年、引越しの連続で腰も気持ちも休まる暇がなかった。半年の仮住まいもふくめれば、この鈴鹿へ落ち着くまで七回も変わった。三人の子供たちも生まれた場所は別々だが、育ったのはここだった。

結婚した時は、満がこんなに波乱の人生を送る人だとは想像もしていなかった。彼自身でさえ意外だったのかもしれない。彼が義兄に誘われて町工場に行ったのが変化の始まりだったし、満はその環境に全くあったかのように目を輝かせて働いていた。そこにいた短い四年の間に、一年の三百六十五日、休んだ日が二日間だけというのが一回、五日間だけが一回もあったし、ほかの年でも日曜日や祭日をきちんととることはまれであった。仕事に憑かれて働いているようで、家庭を顧みない、まるで話に聞く〝将棋の坂田三吉〟を思わせた。

結婚したのは姉の亭主、恒造さんの紹介であった。そのころ陽子は専売公社で働いていた〝たばこ娘〟であった。家が貧しく中学を出るのを待って働きだしたが、当時は日本全体も貧しく、その歳で働くのは当たり前のことでもあったので、その時はさほど不満を感じなかった。しかし、頑是ない中にも勉強したい気持ちが続いていて、十八になった時専売公社に採用され、落ち着いたので高校の夜学へ通うことができた。

しかし世間は本人の気持ちの忖度もなく「好きな人はできたか」「見合いをしないか」と言ってきた。気がついてみればいつの間にかそう言われる歳となっていた。「学校を卒業するまではそんな話はしないで」という言い訳が用をなさなくなると、親が早く追い出したいためか率先して話を持ち込み、仕方なく何度かはその席に着いたが、夢とのあまりにも違う現実に断り続けた。

陽子と同じように何年かの迂回をして高校に来た、彼女を入れて四人の同窓がいて、卒業後も親交しつづけ、彼女らも同じような境遇にあったことも日々を過させた。

ある日、いつものように四人で会った時、そのうちの百合子が「結婚することにしたの」と言って、他の三人は言い知れぬ衝撃を受けた。もともと彼女が一生独身で過ごすことの強い主張を持っていただけに、少しの間言葉が出なかった。

「気に入った人が見つかったの」

「ううん、諦めたの。前から細々と付き合っていたから決心したのではなくて、私の人生なんてこんなものかもしれないと諦めたの」

「諦めてどうなるの」陽子は聞いた。

「気持ちが楽になるのよ。私も何様でもないと思ったら、この程度の男と見合うのかもしれないと気がついたのよ」

喜久江も千代子もショックを受けたようだが、陽子も「諦めた」という言葉に沈んだ。沈んだ底から眺めてみると、依然として貧しさから脱しきれない家庭と、それを打ち破る器量もない兄弟と、この後も一緒いても人生に希望という光を見いだせることがなかろうことがはっきりしていた。改めて自分を見てみると、二十五の誕生日を超えて、女が美しいと小説に書かれる時期はとうに過ぎて、世間からは〝行かず後家〟と言われる女工さんがひとり立っていた。

たまたま土曜日であったので、寝られぬ夜を過ごすと、のろのろと起きて食欲もないまま、品川の家からから大井町まで歩き、郊外に出る私鉄に乗って川崎市域に所帯を持っている姉を訪ねた。六つ離れていた姉は、けちで軽薄であったが、なぜか所帯を持つとおっとりしだし、子煩悩な母親になっていた。甥もその母親の過剰な干渉がうっとおしいのか、陽子が行くと嬉しがって半日遊んでもお互いに飽きなかった。

そしてその日も挨拶して入ってゆくと、甥の恒佑が真っ先に飛んできてまとわりついた。

「おなかすいちゃった。姉さん何か食べるものない」

「何よ。また親父さんと喧嘩したの。年寄りをあんまりいら立たせてはいけないわよ。…パンならあるけど」

「ええ、それでいい。バターがあればなおいいけど」

「あなた、陽ちゃんが来たわよ。出かけなくてよかったじゃない」姉の文江は奥に声をかけた。

「あら、お義兄さん、今日はいるの。珍しいわね」

「風邪気味だと言いながら相変わらず釣りに行くと聞かなかったのよ。〝こんなもの釣りに行けば治る〟って。たまにはゆっくりしてなさいとさんざん言い聞かせてやっと収まったところよ。来週にでもあなたのところへ行くつもりだったから丁度よかったわ」

文江が言ったのに応えるように恒造の声がした。

「陽ちゃんか。久しぶりだな。こっちへ来いよ」

陽子が声のした部屋へ行くと、釣り道具が散らかって、真ん中に恒造が鉢巻を締めて座っていた。

「お腹がすいたというから、いまパンを焼こうかと思っているところよ」

「それならいっそのこと駅前の喫茶店へ行って、サンドウィッチでも食べたらどうだ。話もその方がしやすい」

陽子は歩きながら「何の話」と文江に聞くと「いい話よ」と言った。

陽子は「そんないい話ならうれしいけどね」と相づちを打ちながら、昨夜、まんじりともしない中で、身近で話をしたい男の中で恒造の顔が浮かんだのを思い出した。

恒造は鉄工所の職人であった。職人でもいろいろな区分けがあるらしく、彼自身は「俺はガス屋だ」といつも言っていた。アセチレンガスを燃やし、その熱で鉄板を切断することを専門とする職である。そういう細かい区分の中にあっても、技量の上手下手というものがあるらしく、仕事を自慢していることがあった。

恒造はそんな職業人に見合う釣りキチである一方、ちょっと場違いと思えるクラシック音楽のファンという一面もあった。文江にその趣味はないので、恒造は気にいる演奏会があると代わりに陽子を呼ぶことがあった。

「陽ちゃんに似合いそうな男がいるんだ。会ってみないか」

恒造は席に落ち着くといきなり言った。

「なによ。見合いの話？」

「見合いの話ならそれだけで断るというのか。結婚なんて縁のものなんだよ。よく好きあった者同士とか恋愛結婚とか言うけど、そうして一緒になってうまくゆくとは限らないものなんだ。その点周りのものの方がよく見えることがあるんでね。俺は妹だから陽ちゃんのことをよく知っている。今言った会ってみないかという男のことも、同じ職場で何年も一緒だからよく知っている。そうしてこの二人ならたぶん上手くいくだろうと見ただけだ。俺の目が合っているか、狂っているか確かめてみろと言っているに過ぎない」

「それだけではわからないわよ」

「それもそうだ。陽ちゃんの方から話の筋を狂わせたんじゃないか。名前は相楽満という。昭和十年の生まれというから陽ちゃんより上だな」

「二つね」

「鉄工所の職人だけど、とにかく頭がいい。頭がいい奴は得てしてこすっからいのが多いけど、そいつは人望もある。図面が見えるから、図を見ただけでどうやって作るかすぐわかってしまうんだ。係長も信用している。組合の幹部もやっている。いずれあいつの時代になると皆も言っている。男から見てもほれぼれする時がある。ただ男前ではない。背は低いし、髪も薄いから年より老けて見える。だけど陽ちゃんだって人に自慢するほど美人という訳でもないからおあいこだろう」

「どうせブスですからね。でも変ね、そんな立派な人が、なんで今まで一人なの」

「そういうことが気になるんだったら、会って直接聞いてみるんだな」

「その人は承知しているの」文江が言った。

「明日はっきりした返事をもらうことになっている。それから話すつもりだった。話した時の様子ではたぶんＯＫするだろう」

「陽ちゃん、ほら前に見合いした時の写真があるでしょ。あれを持ってくれば」

「そんなものはいらないよ。直接会えば済むことだ。そうだ、あいつも夜学の高校へ行ったという話だ」

「高卒の職人さんがいるの」

「どうして職人になったのか聞いていない。その辺のことも聞いてみたらどうだ。とにかく俺は二人を引き合わせるだけだ。それだけ。会うだけ会ってみろよ」

陽子は昨日の今日の話に不思議さを感じていた。今まで姉から幾度か見合いしたことを聞いているであろうが、恒造がこんなことを言ったことはなかった。一緒にコンサートへ行った帰りにも一言も触れなかった。恒造が百合子の話を聞いてしゃべっているのかとさえ思った。これが縁というものかもしれない。

「お義兄さんがそこまで言うのなら」

「そうか。どこかの駅で落ち合うことにしようか」

「駅で？　駅でなんて、あんた」文江が驚いた声を出した。

「さっきも言ったろう。引き合わせるだけだ。子供じゃないんだから迷子になることもなかろう」

翌週の日曜日に、京浜急行の川崎駅が明るいというので、改札を出たところで落ち合い、恒造は二人を紹介すると「じゃあ、あとは頼むよ」と、満に物でも渡すように言うと帰ってしまった。

二人は改めて会釈すると、どちらが言い出したのでもなく歩き出した。

「こういう時は映画に行くとこなんですけど、あそこは暗いから初めて会ったお互いの顔を見ることもできません。喫茶店でも行きますか。コーヒーは飲みますか」

「はい」

「この裏の方にはやらない、それだけに静かなところがありますからそこへ行きましょう」

パチンコ店の喧騒の音が響くところを離れて路地を二つばかり曲がって、明るくない小さな店に入った。それでも映画館の暗さではなかったので、相楽満と紹介された男の輪郭はわかった。恒造の言う通り髪は薄いようであったが、それほどの老けさは感じられなかった。しかし、いつもそうなのかはむろんわからないが、小ざっぱりしての立ち居振る舞いは青年のものであった。

「相楽さんのお住まいはこちらなのですか」

「お住まいというほどのところではありません。来る時、川を渡ったでしょう。多摩川ですね。そこをちょっと登ったところに下宿しています。高いのだか安いのだかわかりませんが、六畳一間に朝晩の二食付きで八千円」

「足りていますか」

「中にはぶつぶつ言う者もいますが、僕は十分足りています。何しろ食うのに心配しないで済みますから。あなたの家もそうでしょうけど、僕は「産めよ増やせよ」の時代の子ですから、兄弟がたくさん…、十人です。子供のころはいつも欠食児童でした。だから食うのに困らなければ少々のことは我慢できます。いきなり変な話になってすみません」

「いえ、私も同じですから。私は半分の五人。姉、兄、私、弟、妹です。いつも我慢ばかりさせられていました」

陽子はそう言って、先ほどパチンコ店の横を通った時、ああいうものを見るとすぐ飛び込む兄を思い出した。

「尋問するようで悪いんですけど、相楽さんはパチンコへ行きますか」

「いや行きません」

「一度も？」

「ええ、一度も。ああいう大きな音のするところは嫌いですから。僕は鍛冶屋です。〝しばしも休まず、鎚打つひびき〟です。今は耳栓をすることが義務付けられています。外にいる時くらい静かなところにいたいと思いましてね」

陽子は兄とは違う世界にいる青年と初めて会ったような気がして、もっと話を続けたい思いに駆られた。

そのあと二人は多摩川に出て、土手を散歩し、あるいは川面を眺めながら話を続けた。仕事のこと、組合のこと、世間を騒がしていたサリドマイド薬害のこと。家庭のことなどになると陽子は饒舌になり、満は聞いているだけであった。

満は陽子の家の最寄りの駅まで送り、次の逢瀬の日を約束して別れた。

二人はお互いの通じ合うものを感じて、その後一週間に一度くらいの逢瀬を持った。

「相楽さんの趣味は何ですか」

そんなある日、陽子が聞いたことがあった。

「切手を集めるとか、喫茶店のマッチ箱を集めるとか、そういった趣味はありません」

「そういうものでなくて、楽しむことですよ。私なら読書とか、クラシック音楽を聴くとかですけど」

「僕にとっては読書は趣味でなくて必需品です。強いて楽しむことと言えばお金を使うことでしょうか。お金を使うのは楽しい。スキーでも山でもお金がたくさんかかるものは楽しいものです」

「貧乏人には無理なことですね」

「そうです。貧乏人には趣味なんておこがましいことです」

「貧乏人は人としてだめだということですか」

「そういうことではありません。こういう言葉を知っていますか。〝貧乏は恥ずべきことではない。だが、貧乏から抜け出す努力をしないことは恥以上のものである〟言ったのは二千五百年前のアテネの人・ペリクレスです。聞いたことがありますか」

「初めてです」

「ギリシャ人というのはすごいですね。卑弥呼も神武天皇もまだいません。孔子と同時代の人です。それを二千五百年後の人間が読むことができるという本の存在が素晴らしいものです。だから僕にとっては本は必需品です。貧乏していても本を手放すことができません。それも貧乏から抜け出す努力のうちだから人として許してくれるでしょう」

陽子はそれを聞いた時、満が陽子をパートナーとしたいと思っていることを感じ、彼女自身もそれに応じたいとひそかに思った。

春に紹介されて、夏の終わりになった時、逢瀬が途切れた。それまで逢瀬の日に別れる時、次の日を約束しない時はメモのような葉書が来たが、どうしたのか二週間も音沙汰がなかった。

陽子にとって満に会うのが生きがいになりつつあっただけに、二週間何もないのはつらかった。しかし我慢をした。

「仕事はきついのですか」

陽子は決められた時間の中で肉体だけを動かしている自分の仕事を思いながら聞いたことがあった。

「それは仕事ですからきついことはあります。だけど僕の場合は全体としては面白いことです。夜、寝しなに明日はあれを準備して、これを作ってなどとぼんやり考えるのは小説の筋書きを追うように楽しいものです。図面が形になって、思っていた時より良くできた時なんかは、鍛冶屋になってよかったと思う時があります。仕事はプロレタリア作家の言うようにいやでいやでしょうがなく、ただ金をもらうために仕方なくするというものでなく、働くということは楽しいものなんだと思いますよ。それでなければ長い間汗水流してあんな所にいられずがありません」

陽子はそう答えた満を思い出して耐えていたが、三週間目に入ると我慢しきれずに手紙を出した。返事はすぐに来た。

――外の人にはわかりにくい労働組合のもめごとがあって飛び回っているが、もう少しで終わるので、落ち着き次第連絡をする。――

陽子はほっとし、恒造さんがたまたま寄って〝もめごと〟の様子を話したのでさらにほっとした。恒造の話は次のようであった。

…労働組合の役員の改選があって、委員長だけが対立候補が出て決戦投票になった。一人は十年近くその職にあったもので、あとの一人は、役員どころか執行委員も経験したことのない、いわば新人である。今までの組合活動がマンネリになっているから打開すると言って手を挙げた。年齢は両者とも四十半ばである。

今までの実績と知名度から言って、だれもが問題にならないと思っていた。新人の立候補した本人ですらそう思っていた節がある。

ところが新人が当選してしまった。その時点で大騒ぎになったが、選挙結果を変えるわけにはいかない。

委員長以外の副委員長二名、会計、書記長などは対立候補がなく信任されている。彼らは従来からの委員長のもとでその役についていた、いわば〃一家〃の者たちである。特に書記長は専従するから、事前に会社の了解を取っておかなければならない。そして彼らは旧委員長の方針を否定する、新委員長のもとでは役につけないと言ってきた。信任されたのに拒否するのもおかしいが、理由はもっともに聞こえる。

新委員長は選ばれた以上その任を果たすべく、選挙管理委員会と相談して、辞任を申し出た四名に代わる人選をはじめ、要である書記長候補として満を訪れた。

「藤原さん、あ、藤原委員長、それはちょっと無理ではありませんか」

先の役員以外の七名の執行委員の一人として当選していた満は、藤原真治と深い付き合いはなかったが、機械工としての彼の反骨心には多少尊敬することがあった。

「日本の労働組合はヨーロッパやアメリカの組合と違って、あくまで企業内組合ですから、何につけ、ある程度会社との暗黙の了解みたいなものがあります。その機微を知らないで組合を運営しようとしても難しいものです。イジメられるかイビられるくらいが墜ちで、知らず知らずのうちに会社にいられなくなるかもしれません。折角お誘いいただいたのに申し訳ありませせん」

「そうか。君までだめか。君に断られてはどうしようもない。謝るより仕方ないか」

先例もない突飛なことなので、後始末に時間がかかったが、選挙管理委員会が新旧委員長をのぞいて役員名簿を推薦し、信任投票を問う形に収まりそうだ。

恒造の話があってから十日ほどのち満から手紙があった。

――△日の金曜日、午後五時に、公社の前で待っています。場所は門を出たら道を渡り、駅と反対方向に歩いて二百メートルくらいのところにいます。よろしく。――

その日、その時間に、その所へ行くと自動車の脇に満が立っていて、陽子を認めると小さく手を挙げ、

「久しぶりですね。どうぞ」と言うと助手席のドアを開けた。

「え、これ新しい車ですね。買ったんですか」

「はい自家用車です。ちょっと無理をしました」

「光っていますね。触ってもいいですか」

「どうぞ。気の済むまでどうぞ」

「高いんでしょ」

「三十六万円。金利が付きますから四十万ちょっと、僕の月給のざっと一年分です」

「相楽さんはお金持ちなんですね」

「いや貧乏人です。だから無理をしました。後で説明をします。どうぞ乗ってください」

席に着くと満も反対側から乗り、やや顔を向けて言った。

「陽子さん、僕と結婚していただけませんか」

「はい」

陽子は心の準備ができていたので、少女のように答えたが、人生の一大事をそのような、「こんにちは」という挨拶にこたえるような応え方で済んでしまったことに拍子抜けがした。

「約束したしるしに、キスをしてくれませんか」

「はい」

二人は座ったままなのでぎこちない口づけになった。

唇が離れた時、満は「ありがとう」と言った。陽子も「私も」と言ったつもりだったが、声にならなかった。

「海の方へ行きましょう」

「自家用車に乗るなんて夢のようですね。親から罰が当たるぞって言われるような気がします」

「そうですね、終戦の時十歳の欠食児童が、二十年もたたないのに、アメリカの労働者みたいに自家用車を持てるなんて不思議な気がします」

初秋の暮れかかる海の香の向こうにお台場がやや不鮮明に見たが、二人はそれを眺めるために外へ出た。

「公社の結婚休暇は何日間ですか」

「確か一週間です」

「僕のところも同じですから、この車で一週間いっぱいかけて新婚旅行に行きましょう。横にお嫁さんを載せて自動車で旅行に行くのが夢の一つでした」

「どこへ行くんですか」

「僕の考えを言っていいですか」

「ええ、聞きたいわ」

「東北の一周です。芭蕉の『奥の細道』をなぞる旅です。千住を超えて、白河の関を通り、多賀城、平泉寺までは決めていますが、どこで日本海側へ出るかはもう少し道路事情を調べなければいけません。佐渡を見るところまでは時間がありませんが、象潟へは行きます」

「〝象潟や雨に西施がねぶの花〟ですね」

「そうです。よくご存じですね。今まで俳句の話をしませんでしたが、俳句や芭蕉は好きですか」

「高校の国語の先生に芭蕉に私淑する方がおりまして、その部分だけを一時間かけて熱弁をふるいました。それまで俳句なんか古臭いと思っていたのですが、その時以来目が覚めるようになりました。歴史と、目の前の情景と、そこに咲いていた花をたった十七文字で奥ゆかしく表現してしまうなんて驚きですね。あそこへ行けるなんて本当にうれしい。黙ってついてゆきます」

「そうですか。一人よがりでなくてよかった」

風が出てきて言葉が散り始めたので、車へ戻った。

「明後日の日曜日、姉を連れてお家へ伺います。よろしくお伝えください。ところで、やはり花嫁衣装を着て、お宮さんか教会で式をやらないと嫌ですか」

陽子はその日まで結婚の段階にとどまっていて、その先のことを考えていなかったのでやや戸惑った。

「実は僕は申し込みをしておきながら、今のところそういう式を挙げるお金を持っていません」

「自動車を買う人がお金がないなんて変ですね」

「変ですが、お家の方にも事前に言っておかなければなりませんので正直に言っておきます。多少は持っていたのですが、車の頭金と後は先程の新婚旅行に行くために残してあります」

「それで式はどうするおつもりですか」

「結婚すると会社でも、組合でもお祝いをくれますね。それと友人、兄弟などは会費みたいにそれぞれ決まった額を出してもらって、どこかのホールを借りてその人たちにお祝いしてもらう形にしようかと思っています。

ただそれだけでは寂しいようでしたら、バンドを組んでいる連中を呼んで…あ、陽子さんの友達でそのような会になったとしたら、来てくれる方でダンスを踊る方はいらっしゃいますか」

「さあ、突然言われても」

「そうですね。バンドが来てもダンスをやらなければ変なものですから、バンドはやめましょう。僕の知り合いに若いのに踊りをやっている連中がいます。バンドの代わりに彼らを呼びましょう。それとコーラスなんかも。華やかになりますから。もし式の形をこういうことでよければ、僕たちは式には一銭も使いません。お返しもなしです。陽子さんは女性ですから、こういう事のためになにがしかのお金を蓄えていらっしゃるかもしれませんが、その時の恰好だけに使ってください。なお余分に持っているなら、必要な台所用品に回していただければいいと思います」

陽子は聞いていなかった。ただ暗い中で判然とは見えない男が、普段はあまりしゃべらずに退屈させる男と同じだというのが不思議に見えた。きっと彼はうれしいのだと思った。そうすると、なぜか早くひとりになって子供のころを思い出してワンワンと泣きたいような衝動にかられた。

　陽子はなりふり構わず聞いた。

「満さん」

　その言葉も自然に出た。

「満さんは、そんなに頭がいいのに、なんで私みたいなとりえのないものを相手に選んだのですか」

　満は一瞬たじろいたようだが、陽子の方へ顔を向けた。

「僕は人から変わったやつと言われます。先のことも考えずに借金をしてスキーに行ったり、貧乏人のくせに自動車を買ったり、そういう普通の人にはたぶん思い及ばないようなことをします。あなたに結婚してくださいと言いながら、結婚式の金がないと言ったり、あなたを幸せにしますなどとも言いません。だけど、あなたならば私のその変なところを許してくれそうな気がしました。さきほど、貴女が象潟の海辺に立ってみたかったと言った時、ああやっぱりと安心しました。それと…」

「はい」

「あなたの家が、僕の家と同じように貧乏だということです」

「え、貧乏人が好きなんですか」

「そういうことではありません。僕は労働者ですから、この先もお金持ちになることはないだろうと思っています。またそうした金儲けなどをするのが苦手です。僕の兄弟に利口な者が一人おりましてね。終戦の時に、貧乏人でありながら、有名な私立の中学生でした。入る時に小学校から何度も来て親はしぶしぶやったそうです。親は空襲ですっからかんになって貧乏人がさらに貧乏になり、母親も死に、兄は場違いのところに一人残りました。利口な兄は無論学校はやめましたが、アドバルーンを上げる会社を作り大儲けし、二十歳の時には一軒を借り、いっぱしの家庭を持っていました。中学校を辞める時、学者・先生の言うことは大嫌いだと言ってそれから本を受け付けません。それでも利口なだけに金儲けはうまいもんですから、人は羨ましがります。しかし、ああいうものは浮沈があります。いま三十をわずかに超えたところですが、今一緒にいる人は確か三人目です。たぶん彼女らは貧乏に耐えられなかったんだろうと思います。…僕は変人ですから、この先貧乏になることはあっても裕福になることはないと思っています」

「〝貧乏は恥ずべきことではない。だが〟ですね」

「そうです。〝だが〟です。一緒に切り開いていっていただけませんか」

「はい」

暗い中でもお互いの目はよく見えた。二人は少しの間見つめあうと、唇を寄せた。

「ラーメンでも食べに行きましょうか」

「はい。でも変ですね。自家用車を持っている人が、記念の日にラーメンを食べに行くなんて」

「そうですね。たしかに変ですね」

二人は声を出して笑った。

結婚式は満の案に沿って、秋の終わりに行われた。踊りもコーラスもあって、百名を超える会は華やかなものになった。二人は、誰かが調べたアメリカの習いだという缶をぶら下げたパブリカに乗って、その会場から東北へ旅立った。

東北はまだ車時代になっていなかった。国道でも道路幅が狭く、都市でも盛岡市などは市域に入ってから出るまで、信号が一か所しかなかった。そういうことを見るのも楽しかったし、村の入り口にたわわに実った柿の木がある風景に見とれて車を止めたりした。

コースは十和田湖まで北上し、日本海側へ出て南下した。象潟は芭蕉の時代とだいぶ変わっているとと案内にあり、ねぶの花の季節でもなかったが、句碑の前で手を組み肩を寄せあってしばしたたずんだ。

写真も撮り、満は紀行文を書いた。

これらのものは貴重なものとして保管し、幾度かの引越しにも特別扱いで運んできたが、鈴鹿から松阪の在へ来る時、処分してしまっていた。…陽子はその時のことを思い出すと涙が出てくる。

あの時はやはり動転がまだ収まっていなかった。子供たちに言い聞かせながら自分は大丈夫と思っていたが、やはりふっ切れていなかったのかもしれない。

「ナマズの養殖をやることに決めたよ」

満がそう言った時、陽子はしばらくその意味がわからなかった。

「ナマズって何。そう言えば名前は聞いたことがあるけど見たことないわ。品川にはいなかったもの」

それにしても「今度はこういう会社」といえば、今までがそうだったから理解できたが、〝養殖〟という仕事は想像できなかった。

春樹が「僕は嫌だよ」といえば夏樹も「僕だって」と続いた。二人が「僕」と言ったのは事情があった。春樹がたしか二年生の時、学校で「お前、言葉が違うじゃん。田舎もんか」と言われて泣きべそを掻きながら帰ってきたことがあった。

陽子は「うちの人はみんな東京生まれだから、きちんと自分のことを言う時は〝僕〟と言いなさい」と言い、二人はそれを守っていた。

「お父さんは自分勝手だよ」

春樹はそういうことを言う歳になっていた。

陽子も今度の仕事の不安とともに、この家を出て行くのはつらかった。

「私は嫌よ」

という言葉は何度も出かかったが、そのたび来し方を思い出しては耐え、私と子供たちはやはり満についてゆくのが、運命としてではなく一番いいのだと言い聞かせて耐えた。

春樹が言うまでもなく鈴鹿の家は住みよかった。家は小さく平屋で、その時はお金がなかったからプレハブの程度のいいものにしたが、三十そこそこで家、自動車を持つなどということは恵まれていた。敷地は七十余坪と広く、長辺の両端に立てば子供ならキャッチボールができた。周辺の田んぼから一段高みにあって、空気もよく、夏樹は苗の残りをもらってきて小さな『夏樹田』を作っていた。

それに、みんなで愛した鴉のクロウの思い出が残っていた。知人からもらった子鴉がなついて、羽根を切って遠くへ飛べないようにしてやると敷地の中だけで遊び、子供らが帰ると喜んでついて回り、腹が減れば窓をたたいて餌の催促をした。

小さな会社とはいえ誰でもがなれるわけでもない課長の席を放り出し、落ち着いていた家も全部捨てて、なお自分でも行き先の定かでないところへ行こうとしている。満は、やはり出て行かなければ自分の生きざまが失われてしまうという場所に立っているのだろうと陽子には思えた。

歌があった。

君のゆく道は　果てしなく遠い
だのに　なぜ　歯を食いしばり
君は行くのか　そんなにしてまで

（「若者たち」作詞　藤田敏雄）

今までのことをいろいろ考えてみると、満は多くの人に見られていて、それらの人にその都度手を差し伸べてもらう、幸運のようなものを持っている男のように見えた。

結婚してすぐ後、自動車の支払いはやはり重く、苦しい時に書記長に選ばれ、それまでの二倍近い職務給であったそれによっていっぺんに解消したし、二度目の書記長の時は難しい問題があって中途で降りた時、その時は経済的にではなく精神的に参っていたが、それを見ていたかのように義兄が迎えに来た。そこでの「家」の贈り物がその後の相楽一家の経済を支えた。

その義兄とうまくいかなくなった時、噂を聞いただけで堀井弘樹が呼んでくれた。

人生の行き先などというものは予測できない。会社を辞めたことが、その人にとって幸いになるか不幸になるかは後々わかることであって、選択した時にわかるものではない。陽子の見るところ、そういう幸、不幸とは別に、満の場合は選んだ道の先々で新たな展開になるような人が現れる巡り合わせを持っているようだった。だからこの度のことも、そうなるとは限らないが、満が、選んだ道の中で彼なりの努力をすれば、たぶん何かが出てきてその向こうに別な道が現れるかもしれないと思った。その何かは、養殖が成功することかもしれないし、反対に散々なものかもしれない。

陽子は子供たちと話した。

「お父さんはいろいろな事情で一昨日、みんなで見に行ったところへ引越しすることに決めたの。どうしてそうなったかはあなたたちには難しいことなので、今は言わないわ。多分あなたたちが大学へ行くようになるとわかるわ。だから大学へ行ってね。春樹は大学へ行って漫画家になるんだったわね。夏樹は」

「僕はまだ決めていないよ」

「そう。慌てて決めなくてもいいから大学だけは行ってね。お父さんは中学を出るとすぐ働きに出たのよ。家が貧乏だったから大学へ行っていないの」

「大学に行かないのに何で本があんなにいっぱいあるの」

「働きながら勉強したのよ。だから周りの人たちから尊敬されていたの。あなたたちが生まれるころ、お父さんは三千人もいる労働組合の書記長だったの。書記長というのはね、組合長の次に偉いのよ。三千人って大勢でしょ。わかるわね。その三千人を前にして演説するのよ。想像してごらんなさい。すごいでしょ」

「お母さんは見たことあるの」

「あるわよ。だから結婚したんだから。向こうへ引越ししたら、お父さんは会社へ行かないであそこで働くの。あなたたちは男なんだから手伝ってあげてちょうだいね。お願いよ」

引越し先は伊勢に向かって津を超え、松阪を過ぎた田舎の田甫の一角で、良い水が出るとのことで選ばれた。

満は十二月末で退職し、区画された田甫の一枚を埋め立てて、まず家を建てることから始め、子供たちのための三月末の引越しに間に合うように働いた。

五　祓川

満は葉書を書いた。


小生、このたび想うところあって下記へ引越しました。

ここは伊勢街道を松坂を超えた田舎で、建てた苫屋のような仮屋も一望の田甫の一隅にあります。

これからの人生は、ここでナマズを育て、田を作りながら暮らしてゆくつもりです。今どきのことですから晴耕雨読などとしゃれこむわけにはいきませんが、物言わぬ連中と話しこみながらゆっくりと月日を眺めていきたいと思っております。

お寄りくださいというにはちょっと遠いところです。それでも神宮などへ来るような時には道すがらですから足を止めていただければ幸いです。

一九七七年　春　　伊勢にて

もともと東京生まれで、そこで育ち、働いたこともあるし、縁あって鈴鹿に住んだ時には勤め先で三年も営業職にあったために、葉書を出す知人は多かった。

満がナマズの養殖をするところとして、松阪の砂利プラントの清原道夫社長が選んでくれたのは、町村区分で言えば松阪と伊勢の間にある明和町というところであった。

名古屋の海への出口である伊勢湾は、外海へ出るところで東西から半島が出てきて湾を抱えるような形になっている。東から出てくるのは渥美半島で西側からは志摩半島が手を伸ばしている。

伊勢湾の西側には三重県の都市が並んで南下している。東海道は木曽三川を渡るに熱田から船で桑名にわたると、亀山から鈴鹿峠を越え京に至る道と、伊勢街道に分かれる。桑名は渡船の宿場町であるから文化が重層している。例えば『歌行燈』などと看板を掲げたうどん屋などがある。

伊勢街道をたどって次に現れる四日市は粉塵災害で水俣病とともに公害の原点として名をはせた。しかし、海浜の石油プラントはそれを支える工業を周りに発展させている。また内陸の万古焼の土鍋は長い歴史を持っている。

さらに南下すると鈴鹿市の白子を通る。今からおよそ二百年前、この港から江戸へ向かった大黒屋光太夫は駿河沖で難破して北海に流され、アリューシャンの一島にたどり着き、苦難な旅を経てロシアの時の皇帝エカテリーナ二世に会い、その好意によって鎖国の江戸へ帰りつくが故郷へ戻ることは許されなかった。

鈴鹿サーキットはモータリゼーションの幕開けを告げた。そのころ三河の挙母《ころも》という町が「豊田市」になった時、鈴鹿市を本田市にしようとする運動があった。市議会が「向こうは豊橋や豊川があって不自然に見えないが、こちらは本も田もない。富士をほかの名前に変えるわけにいかないように、鈴鹿をほかの名に替えるのは先祖に対して恥ずかしい」と言ったというのを聞いたことがある。

秀吉から家康の時代に智将として名をはせた藤堂高虎は、時代を見越して安濃の旧村の出口に過ぎなかった漁村港に城を築いたために「津」という一字だけの都市を出現させた。今は県庁所在地でもあるから大学もある。ついでに言えば、「あのう」は安濃、穴太、賀名生、安納、阿納、と漢字の表示はいろいろであるが、近畿各地にその地名があり、古代の名族が住したところとされている。

さらに南下すると松阪に至る。松阪牛は高名であるが、何よりも本居宣長が鈴屋を構えて古事記や源氏物語を研究し現代につなげた街であることが感慨深い。門弟が全国に五百人もあったといわれるからその学の深さが思われる。また、徳川から明治に移行する時、経済を混乱なく引き継いだことに力のあった三井家が、当地の出身であることなどを考えると、文化の厚みが知れる。

伊勢街道は松阪を出ると南下しながら徐々に東に向きを変えて行き八キロほどで「さいくう」という街に至る。明和町の中心である。「さいくう」は斎宮と書かれる。伊勢神宮の祭祀に際し、宮中から派遣された未婚の内親王や斎王の居館のあったところである。

満が引越しをした時、その三年前から始まっていた発掘調査の第一次が終わったところと聞いたので、さっそく挨拶代わりと敬意を込めて見に行った。

しかし、そこから伊勢神宮の外宮まで十二キロもあり、内宮はさらにその奥に四キロもあるからちょっと遠い感じがした。が、斎宮の形式が決まったとされる天武天皇の時代は朝廷の権力というものは相当大きかったとされるから、あるいはその場所が神宮域の入り口だったのかもしれない。概要を記したパンフレットには宮域の広さは百六十ヘクタールとある。

斎宮跡地の横に祓川という、いかにもその宮にふさわしい名を持った川が、北へ、すなはち伊勢湾へ向かって流れていて、海と接する手前で大きく湾曲する。湾曲が始まるあたりから堤防が伸びて、そこに立つと穏やかな農村の広がりが見渡せる。

机の上で線を引いたそのままにまっすぐな線がタテヨコに引かれていて、美しい短冊形の地模様が見渡す限り続いている。その向こうに森があり、住宅の一部が木立の間に見え隠れする。

眼を上げれば鈴鹿山脈が晩秋の澄んだ空気の中で空との境を際立たせている。

「見事な区割りですね。見たところまだ新しいように見えますが」

「そうさな。新しいと言っても、もう三年になるな。この辺は堤防を先に完成させなければならんということで遅くなった」

満の質問に答えたのは土地の旧家であり、町議会議長の野崎信明であった。彼はまた、この土地改良組合の発足時からの理事長であり、いうなれば地元のボスである。

「これだけのものにするのは大変だったでしょう?」

「そりゃぁな。以前の田は、魚のうろこのようでしたからな。今でも山の中の千枚田を見ればわかろうが、一枚一枚を定規で測って作ったものではありませんでな」

清原社長と三人で立っている足元と言っていい一番近い区画された田を、ブルドーザーが入って表土を削っていた。

「一枚が三〇アールある。その二枚を潰してウナギを始めることにした。道っちゃんの話だと…」

野崎理事長は清原社長を名前呼びにすると、

「あんたとこもこれくらい必要だという話だから、こちらの二枚で始めるといい」

見渡せる田の連なりの地は松阪の南郊を流れる、一級河川・櫛田川の作った沖積平野である。一部は先ほど紹介した祓川も手伝ったかもしれない。いずれにしても谷を出た川は誰にはばかることもなく、礫・砂礫・砂の膨大な扇状地を形成する。「土地改良」はそこをなだらかな平地にして、高低も緩やかな短冊形の田甫に再生しなおすことは、その砂礫層を掘り、山土と入れ替える事業だと言ってもいい。掘った砂礫層は清原社長が経営する砂利プラント工場の原料となり、さらに清原社長はその砂利・砂を材料とした生コンプラント工場も併設しているから、改良事業のポンプ場、水路、側溝などのコンクリート製品を供給して二重に野崎理事長と深い関係にある。

野崎理事長は清原社長を「道っちゃん」と呼び、対して清原社長が声をかける時は「信さん」と言った。

「そんな大変な事業で、やっと完成した改良田を潰してしまうんですか」

「それがさ、世の中は皮肉なもんでのう。圃場が完成し、大型機械も入って万々歳という段になって、〝コメはもういらない〟となったんだわさ。金付きでほかのことをやれと国が言ってきたんだから仕方がない。泣く泣くよ。それはそうと、あんたとこは五月だと言っていたな。わしんとこは一月にシラスが入るから水を馴染ませておかなければいかんので一足先にああして始めた」

「シラスはここで取れるのを予定しとるんかいな」

道原社長が聞いた。

「いや、もう天然ものはあてにならない。どれだけとれるか見当がつかないと長年シラスをとっている者も言っているのでフランスからの輸入物にした。ナマズはその点卵からだから、そういう心配がなくていいな」

「でもまだ養殖方法が確定してませんから」

「それにしてはよく思い切りましたな。道っちゃんから聞いた時は、名のある会社の課長さんがどうしてと思いましたが、いろいろおありなんですな」

「込み入ったことは聞きませんでしたが、あそこでは自分が生かせないと言いますもんで多少なりとも手伝ってやろうと」

清原社長そういうのに、野崎理事長は言った。

「百姓がコメを作ってはいけないという世の中になったんだから、ほかのことで名を挙げ、新聞記者が日参するような名物を作ってくださいよ」

満は乗用車を売って一トントラックを買い、形の上でもサラリーマンの生活に別れを告げると、野崎理事長から指定された田を清原社長に頼んで一部を埋め立ててもらうとまずは何よりも家を建てた。

「こんな田甫の中に家なんか作ってどうもないんですか」

満が問うのに野崎理事長はいとも簡単に言った。

「そんなもん何でもないわさ。俺んとこの池の管理小屋だということにすればいい。今は昔と違って電気さえあればどこでも暮らせる。俺んとこの井戸掘りが終わればこっちへ回るように言っておく。電気配線も上下水道も部落の中にやる者がいて声をかけておくから日が決まったら紹介してやるよ」

家は組み立て式の簡易住宅を買った。が、トイレと風呂がなかった。そうすると部落からきた水道の配管屋さんが、「任せてくれれば仲間がやっているので」と浄化槽付きのトイレと、簡易風呂を備えてくれた。むろん只ではないが。

彼らはもともと農家であったが、土地改良をし、農業機械が大型したために、農作業の時間が全く少なくなって、それぞれ務めに出たり、また特技を生かして土木屋さんになったりしたということであった。

家は三月の下旬に完成し、子供たちの転校に間に合った。

満は富山の谷中養魚所で見てきた施設と、岐阜大学の駒田先生の話から自分なりの養殖所＝産卵槽、孵化槽、幼魚槽、成魚槽、ミジンコ槽の大まかな図面を書くと先生を訪ね、訂正を頂きその作業にかかった。

人手がかかるものは部落の業者に依頼したが、簡単なものは自分で作った。また、ミジンコ槽や孵化槽などはきちんと囲い、屋根をかけた。

　そういう誰のためのものでなく、まだ商売になってはいないが、自分のための施設を作るために働くというのはまったく楽しい。鼻歌も出る。労働をすれば疲れる。疲れれば家からお茶を持ってきて柱にする材木の上に横になる。と、トンビが飛んでいる。

「トンビに油揚げをさらわれた」という言葉を思い出して家から油揚げを持ってくると池を作るために掘った土の山に放り投げる。しばらくすると、なるほどトンビが舞い降りて上手にさらってゆき、翌日になれば投げるのを待っていたかのごとく持ってゆく。そんなのを見ている。

　トンビが空を舞うのは人間が油揚げを作る、ずっと以前からであろうと思われる。油揚げをあれはうまいものだと知ったのはいつからなのだろう。そして仲間にはどうやって知らせたのだろう。…などと愚にもつかない子供のような考えを巡らしている時は、極楽にいるような気分になる。

　そこは伊勢湾に面して温暖なためか五月の初めに田植えが始まる。兼業農家の人たちにとって連休というのも一役買っているようであった。

　満が引越してきた早々、野崎理事長が道路を隔てた並びの田で「米を作りなさいよ」と言い、「誰だって米の飯があった方がいいだろう」とも言った。松阪の不在地主の二面だということであった。

「そういう経験は全くありません」

「今はコメ作りは経験なしで十分できる時代なのだ。用意してやるから見てくれるだけでいい。ただし草取りだけはしてもらわなければならんがな」

なるほど時期が来ると農協の耕運機が理事長の田を耕すとその日のうちに言われた田へきて土を起こしてゆき、翌日水が張られると、やはり農協の代掻き機が均しに来る。満は見ているだけである。

「明日田植えをするから苗床を朝取りに来て」と働き者の理事長の奥さんに言われて、あらかじめ用意されていたそれを言われた通り道端に降ろすと、やはり理事長の田を終わった田植え機が来て一時間もかからずきれいに田植えをして帰ってゆく。満が仕事をしたのはそのことと、機械ではできない隅ところへ苗を植えただけであった。

「草取りはちょっと大変だけど奥さんの仕事になるね」

と奥さんは言い「私も見回りに来るがね」とも言った。

(この項の出だしに〝田を作り〟と書いたのはそのことである。しかし減反の最中に違法ではないかと農協の中で意見が出て、それは一年で終わりとなった)

「十日ほどのち、産卵作業に入りたいのでお出でいただけますか」

田植えが終わったころ富山・八尾の谷中養魚所から電話があった。

「はい、ミジンコ槽に水を張って準備をしております」

満は返事をしながら今までの人生で経験しない世界に踏み込む重さを感じていた。

「いい卵がとれていますよ」

養魚所の主の谷中さんに声をかけられた時、満は岐阜の七宗町から来た森山啓吾と起きたばかりで歯ブラシを使っているところであった。二人は顔を合わせると、どちらともなく「行きましょうか」と言って、大急ぎで口を洗った。

ナマズの採卵の見学・学習に来たのは三組四人であった。

高山からくる飛騨川は美濃加茂で木曽川に合流するが、その合流地点から十五キロほど登った山間に七宗町があり、森山はそこで食用鯉の養殖をしていると言っていた。満はむろん初対面であるが、昭和二けたの初期の生まれの同世代であり、何よりも彼は魚の養殖のプロであるから教えられることは多かった。

産卵槽の照明は小さく、水深もあったので素人の満には谷中さんの説明でもよくわからなかった。

「どうですか」

「まあまあでしょう。白いのは無精卵で、沢山ないからいい方かもしれません」

森山はそういうと、満の背を叩いた。

「いよいよですね」

その朝の採卵は満が持って帰ることになっていた。

「それでは先に食事してください。そのうちに神崎さんも見えるでしょう」

谷中さんはもう一組の講習生の名を言った。

一組といったのは夫婦だからである。彼らは豊橋からきた、去年結婚したという新婚さんである。その地で大きな園芸業を営んでいると言っていた。多角経営の一つの業としていろいろ訪ね、その一つとして八尾のナマズを見に来たということであった。そして実際養殖をやるかどうかは決めていないとも言っていた。

前日の昼過ぎに集合した四人は谷中さんの紹介のもと、お互いのナマズに賭ける現在の状況を話した後、改めて谷中養魚場の案内を受け、産卵のための注射の打ち方などを実習した。

ナマズの雌雄はすぐわかった。オスはスマートでいかにも活発な活動家であるような体形をし、メスは卵を持った腹がぽっちゃりと膨らんで嫋嫋たる雰囲気を持っていた。

神崎夫婦は夕刻に市内の旅館に引き上げ、満と森山は約束によってそこに泊まった。

満はその業の始まりの時に森山啓吾にあったことに感謝した。二人は谷中養魚所の作業小屋のような板敷きの間で雑魚寝しながら遅くまで話し合った。

育てている魚の種類は違うとはいえ、川魚の養殖にかけての森山は、谷中さんよりも先輩であったから、満は教示を受けたと言っていい。商売としての養殖業、鯉でも食用鯉と観賞用の錦鯉の違い、ウナギの養殖の現状、鮒やドジョウの養殖などなど、それは多岐にわたっていた。また、関東でナマズの養殖が始まっていること、そしてまだ成功していないこと、それが埼玉県の県の仕事であり、その場所まであった。

それらは、もし満が谷中養魚所を訪れる前に聞くことがあったならば、たぶんこの道には踏み込まなかったであろうと思われる話の数々であった。

満は聞いた。

「プロの目から見て、谷中養魚所は上手くいっていますか」

「これから始めるあなたの気分をそぐようで言いにくいことですが、まだ道半ばのように見ました。四年目と言ってましたね。それにしては成魚の数が少ないのが気になります。これではまだ商売として成り立っていないだろうと思われます」

しかし、彼は谷中さんから岐阜大学の駒田教授のことは聞いていないようであった。

「私は紹介する人があって何度か訪ねています。今日こちらへ来ることも話してありますし、事前にミジンコの育て方や、その種もいただいています。それにミジンコと併用してやる餌も、その後の餌も先生から分けてもらいました」

「そうですか。それはよかった。俺も会ってみたいな。紹介してくれますか」
「私で役に立てることがあるんでしたら何でも」

全員がそろったところで採卵槽の水抜きを行い、満は用意してきた大型のポリバケツ四個に卵のついた二十本のブラシを入れるとトラックに乗せ水を張った。その作業を前日ナマズを通じて会った全員で何か約束でもしたかのように無言で行い。ロープをかけ終わった時拍手をし、車に乗る満の肩を叩いた。

満は往路を逆行して高山を通り日本の真ん中を横断するようにして戻った。午後でも夕方にはなっていなかった。孵化槽はブロックを積んだ、八〇センチ×八〇センチ、深さ六〇センチの大きさで、十二面を用意していた。出かける前に水を張り、エヤーストーンも入れてあり、寒冷紗で作った蓋を置いて暗くもしてしてあった。

そのうちの七面にブラシを入れると、何はともあれミジンコ槽をのぞくと夕方の浮上が始まったのか動きが見えたのでほっとした。

ミジンコは一匹一匹を拡大鏡で見ると、蚤のような恰好をしている。

駒田先生に教わった人工繁殖の方法は、鶏糞をビニールの袋に入れ、相応の穴を開けて水槽につけ、まずミジンコの生活環境を作る。そして餌としてイースト菌を与える。イースト菌はパンを焼く時のふくらまし粉であるから大きなパン屋さんにある。満はこれを手に入れる時、近所のパン屋さんに行ったが「売るほどのものはない」と言われて、訪ね訪ねて津まで足を延ばした。


「何に使われるんですか」

「ミジンコという虫の餌です」

「ミジンコって何ですか」

「春先にどぶなどをピンク色に染める虫です」

「そんなのを飼って何になさる」

「孵化したての魚の餌です」

「どういう魚ですか」

「ナマズです」

「ほう、今はナマズも養殖するんですか」

「いやこれから始めるんです」

「見てみたいですね」

「どうぞ。一月くらい後にはご覧に入れることができます」

富山生まれの卵は、駒田先生や谷中が言うより半日早く孵化しだした。やはり水温が高いせいかもしれなかった。

そうしたのんびりとしたことを言っていられたのは二日目までで、三日目の朝からはガクンと音が出るほどミジンコが採れなくなった。谷中さんが「ミジンコ、ミジンコ」としつこいくらいに言っていたことがわかった。しかしわかったところでどうしようもなく、稚魚は時間で成長するように目に見えて大きくなり、ただウロウロするばかりであった。

生餌を増やさなければいけないことがわかっているのにモノがない。そうした焦りがあるから人工餌の投入がどうしても多くなる。多くなれば水が濁る。仕方なしに掃除しながら水を入れ替える。そうすると共喰いが始まっているのがわかる。なぜわかるかといえば彼らが急激に少なくなっているからである。共食いというものは、一個の個体が一個の個体を消すことであるから、一回共喰いが行われると半分になり、二回では四分の一になる。

一週間ほどたった時、一つの槽で二センチくらいのものがそれよりわずかに小さいものを咥えて共死にして浮いていた。別な槽ではまたそれよりやや大きいものが同じ格好になっていた。

満は、それらを手にしばらく眺めると、彼らの生きることに対する執念のすごさに涙があふれた。どれだけの脳の大きさがあるのか知らないが、食べる方も食べられる方も命を懸けて戦っている。

慌てて広い成魚槽に移したが、取り上げる時傷をつけたのか百匹足らずのものものもほどなく死んでしまった。最初からうまくいくとも思っていなかったが、こんなに凄まじいものとは思っていなかった。

駒田先生と谷中さんに連絡すると、「まだ時間があるので、もう一回産卵させたら」と言ってきたが、満は「勉強が足りなかったようですから」と言い、森山から教えてもらった各地の養殖所を訪ね歩くことにした。

森山の情報は関東のものが多かった。最初に埼玉県の県の施設へ行った。いわれる通りナマズを飼育をしていた。しかし、そこでもミジンコと共喰いの問題が解決されていないようで、その辺のところから研究の力点をドジョウに移していると言っていた。そこで紹介されてもう二つを見に行った。

一つは栃木県のドジョウ養殖の研究所である。ここで半日講釈を伺がったが、肝心の養殖は明らかに成功していないことが素人目にもわかってそこに居た時間以上に疲れた。二つ目は埼玉県に戻ってパン屋さんがアメリカナマズの養殖をしている施設であった。最初ナマズの養殖を始めたが、やはり初期の問題が多くて、共喰いのないアメリカナマズ（キャット・フイッシュ）に切り替えて二年になるというその設備は、企業のやることだけあって立派なものであった。満はため息をつくだけであった。と同時に、やはり自分で開拓して行くより仕方ないものだと思って、そこで旅を終わりとした。

帰ってくると、見聞きした中で考えたことを実施した。大きなことでは、ミジンコを採れる時に採って冷凍することである。

ミジンコの必要な期間は一週間から十日程度である。その時ミジンコも生き物であるから根こそぎ取っては供給が継続しない。そうかといって必要な時にその程度しか使わない施設をたくさん用意しておくわけにはいかない。牛肉がアメリカやオーストラリアから送られてきても冷凍してありさえすれば、日本でも新鮮なものとして食べられる。ナマズに聞けばいいのだが言葉が通じないので一方的にやってみるより仕方ないと思った。

もう一つは孵化槽から成魚槽に移す時のために、稚魚が傷を負わないように受け笊を入れることであった。駒田先生や谷中さんから教えられた孵化槽の底の勾配では稚魚を移す時、彼らがそこにへばりついて、オタマジャクシのような身体をなかなか採ることができない。もっと勾配をきつくし、真ん中に笊《ざる》を埋《い》け、そこへ流し込んでしまえばいい。ただ孵化したてのものは網目より小さいので、笊にふたをするように細かい網を乗せておく事で解決する。

満はそれらのことを翌年のために準備し、田は妻の陽子に任せてアルバイトをした。幸いに清原社長の地元であるからそういうことはすぐ段取りしてくれた。

一年を過ぎると近所の人たちの中で親しくなる人もできた。そのうちの一人が一月の一番冷え込む時「ウナギのシラスを取りに行くが一緒にこないか」と誘われた。野次馬根性旺盛であるうえに魚のことなので、一も二もなくＯＫと言い、言われるままの防寒着をまとってついて行った。

祓川の河口の足場のいいとこに出ると玄人はヘッドランプをつけ満は懐中電灯の光を水面に投げた。そうして待つことしばしガラス細工のような半透明の魚が全く頼りなげな姿で寄ってくる。群れてはいない。単独でやっと着いたかという感じで来る。

「五年ほど前までは群れてはいないが、次から次に来るのでタバコを吸う暇もなかったほどなんだよ」

と玄人は言い、あんなふうにと川中を顎で指した。先ほどから川の中ほどに漁火が二、三燈っているのが気になっていた。

「ああして船に乗らなくても、ここで十分商売になった」

「あなたは船に乗らないんですか」

「あれは誰でもというわけにはいかないんでね。漁師でないとダメなんでさ」

玄人とは呼んでも兼業農家の彼は「今年もだめか」と一週間もいかずに辞めてしまったが、満ははるか南海から半年かけてやってくる半透明な姿の神々しさが見たくてしばらく続けた。

漁獲がなくてもう帰ろうかと思ったある夜、シラスよりやや大きく、陶磁器のような白さのものがシラスよりも大きく尾を振って近づいてきた。掬って翌朝玄人に見せると「アユだよ。今年のシラスも終わったな」と言った。

伊勢湾を囲む田舎の春はそうしてやって来る。ナマズ屋の二度目の春は一年の経験を積んだだけ落ち着いて迎えられた。産卵促進剤の注射も慣れた手つきでできたし、その産卵は雄が雌に巻き付くような恰好で行われることにも立ち会うこともできた。

ミジンコの増えるサイクルもややわかってきた。それは冷凍という準備があって余裕ができたためでもあるが、その冷凍品の肝心のナマズたちの評判はそこそこのものであった。しかし、ミジンコの余裕ができたために逆に飼育ということでは大失敗をした。人工餌に切り替える時期を遅らせてしまったのである。

その年の孵化槽は十面を使っていた。成長の早いある一面で幼魚が一匹水面近くを泳いでいた。エアーストーンから出る水流に向かって覗いて見ているものがわかるほどの真剣さで泳いでいる。それはトンボのヤンマが風に向かって中空に停止しているかのごとく飛んでいる姿と似ている。ナマズは底魚であるから普段は水中を泳ぎ回るということはない。全く不思議な姿であった。駒田先生や谷中さんに聞いても見たことがないということであった。

その物に憑かれた様子を知りたいと思って手を出すと、電光石火の早業で底に潜り、しばらく見ているとまた同じ動作を始めた。

そのような動作を始めた槽は、人工餌を一切受け付けなくなって二、三日後に全滅する。そしてそれは病気が感染してゆくように続けて起こる。空腹によるストレスとしか考えられない。あるいは共喰いの恐怖に耐えている姿かもしれない。

そうしたところでもイトミミズとかミミズの小さいものを入れてやると落ち着く。たまたま子供たちがミミズならいいと太いものを入れてしまったことがあった。見ていると口いっぱいにくわえた一匹がミミズに振り回されていて二時間後に両方とも死んでしまった。考えようによっては、これほど〝生きる〟ことへの執着心が強いのであるから何かきっかけを作ってやれば彼らはしっかりと生き延びてゆくかもしれないとも思えた。

二年目も養殖ということについては失敗であったが得るところはあり、ヒントも得た。

そのころ退職した会社から「相談に乗ってもらえないか」と営業職の者が訪ねてきた。

満はその会社で営業職であった時「サービス・システム」を整えた。その会社の製品は工場内で稼働しているものと違って、砂利選別プラントとか、砕石工場といったよう稼働環境の過酷なところであったので、故障することが多い。機械の側のこともあるし、メンテナンスの良否でのこともあり、どちらかというと後者の場合が主であった。しかしその場合でも「お客様は神様」の時代である以上、怒鳴りつけるわけにもいかない。

故障の原因を現実の姿の中から丁寧に説明し、彼我の責任をはっきりさせれば処理もスムースに行き、その後の関係もよくなる。

それらの案件が起きた時、以前は工場の担当の職人がその都度出向いていた。職人は故障の処理はできても、そこへ至った原因と責任を説明する技を持ち合わせているものは少ない。

お客さんとの折衝の窓口はどのような案件であれ営業である。満は工場にいる時からその辺の事情を知っていたので、営業になった時、そうした案件だけを処理するサービス担当者を設けることにした。調べてみると、東北・関東、中部・近畿、中国・四国・九州に各一名を置けばカヴァーできることがわかり、人伝に東京・大阪・広島に人を得た。

彼らは工場で一週間の、実習、実演、接客訓練、ペーパーテストの後、実施に入った。

故障には大小があり一人では処理できないこともままある。その時も原則は一人で、応援は先方の人の実習を兼ねて出してもらうこととした。

また、遠方に行った時は、帰途に必ずそのルート線上にある納入先に寄り、点検をし、記録を営業と共有することとした。

責任の重さをはかって十分な報酬を出したこともあって、この制度は思ったよりも順調に機能した。営業担当者がこの制度のことで「相談したい」と言ってきた時、満は「大阪ですね」と言い、先方も「そうです」と言った。

大阪の人は機械工上がりの職人で腕はいいが、酒を飲むと本音を言ってしまう癖があった。サービス職には、どんな場面でも客の前で言ってはならない禁句がある。「使い方が悪い」という言葉である。どんなに冷静な者でも、故障でイライラしている時にこの言葉を聞くと、冷静を一気に通り越して怒りになる。機械が止まって「助けてもらいたい」と思っている心境の時に駆けつけて手を差し伸べれば、故障というトラブルが逆に信頼のきっかけになる。そうして構築してきたものが先の一言で跡形もなく崩れてしまう。

満がこのシステムを始める時に何度も「お客様は神様なのだから」と言って注意したことでもあった。

「彼（大阪の人）も相楽さんが替わってくれるなら（身を引きます）と言っていますので」と、営業担当者は言い、満は産卵期の時間を了承してくれることを条件に承知した。

仕事は毎日ではないが出かけることが務めなので行動範囲は広くなった。近くに行った時には駒田先生のところへも森山圭吾のところへも寄れた。

三年目の孵化作業に入る時はそういう環境のもとにあった。そのうえ二度の失敗から学んだ中で、次はうまくいくだろうというかすかな見通しがあった。

二回目の幼魚たちが生餌を欲しがっていた時、伊勢の釣り具店へイトミミズ買いに行った時、パックにミミズが詰まっているのを見た。

「美しいミミズですね」

「はい、養殖ものです」

「近所で作っているんですか」

「明和町です」

明和町ならば住んでいるところである。しかし、店の人は警戒してか「行っても小売りはしません」と続けた。

一つ買って、成魚に与えると喜んで食べた。魚は歓呼の声は上げないが、生き物の姿としてそう見える。きれいなばかりでなく味もいいのかもしれない。

近所の親しくなった人に見せると、「壮ちゃんとこや」と言った。隣の部落にあるというそこまでの地図を書いてくれた。

「『伊勢の名物・赤福餅』は知っとるやろ。あのアズキの皮を払い下げしてもろてやっとる」

訪ねてゆくと「キロ単位なら売ります」と言い、作業場を案内してくれた。美しい赤紫のミミズが動いていた。

動物は生きるため＝食うために持てる機能を最大限に発達させている。逆に役に立たないものは小さくなってしまう。クジラやゾウの目が体に対して異様に小さいのはそのためであるし、ナマズもコイなどに比べてまったく小さい。人間に尾がないのも同じである。

ミジンコやイトミミズは水中にいるから、ナマズが好物とするのはわかる。だがミミズは湿気の多いところにいるとはいえ陸の生き物である。ナマズたちは水辺の土を崩して探すのかもしれないが、何を目当てに探すのだろうと考えると嗅覚だろうと思える。

このような経緯があったために、満はブロックで囲った、二〇×二〇メートルの素掘りの池を作って三度目の孵化に備えた。それまで谷中さんの指導で、成魚用として直径八メートルの八角形の池を二面造ったが、コンクリートのため、神経質なナマズはストレスをおこすだろうと考えたからである。

こうした準備と二回の失敗の経験の後に行われた三回目の孵化と養殖作業は順調にいった。順調以上と言ってもいいくらいであった。

ミジンコから人工餌に切り替える時、養殖ミミズをジューサーで液体にし、人工餌は従来の孵化直後用、幼魚用とするが、それらをミミズ汁で溶き、団子状にして与える。これはよく食べる。残渣などほとんどない。

そしてミミズジュースを少しずつ減らしてゆき、成魚池に移したのち二、三日でジュースを止める。止めて人工餌だけにしても餌を食べに来る。

満は駒田先生に電話した。

「先生、丈夫な子が取れました。朝と晩の餌の時間になるとそろそろと集まってきます」

「ほう、それは凄い。人が顔を出しても逃げませんか」

「逃げません。むしろ寄ってくるみたいですよ」

「なんでそんなに懐きましたか」

「こちらの方に養殖したおいしいミミズがあるんです。それをジューサーで液状にしまして団子を作り馴染ませました」

「どれくらいですか」

「正確にはわかりませんが、生存率は七割は行ったと思います。共喰いはまったくと言っていいほど起きません」

「見に行きたいですね」

「ぜひご覧になってください。いま餌台に置くと見ている前で食べますから、先生が来る頃は差し出した手から持ってゆくようになっているかもしれません」

駒田先生はひと月ほどのちに来た時、自ら練った餌を水中に差し出してナマズがその手にぶつかるようにして餌をちぎってゆくのを体験し、興奮気味に言った。

「相楽さん、見事ですね。一境地開きましたね」

「こうなると可愛いものですね」

「そうでしょう。特許を申請しなさいよ」

「こういうものにも特許があるんですか」

「あります。飼育という技術ですから。貴重な財産です」

秋口になって、どこから流れ聞いたのかNHKが取材に来た。番組が放送されると、伊勢の川魚料理屋さんが「ナマズ料理」を看板にしたいと買いに来て、しばらく三本、四本と持って行ったがいつか途切れた。

池のナマズは病気もせずに順調に育っていった。井戸水は水温は十七度と一定しているので冬でも量は少なくなっても餌は食べていて春になるころは一人前の大きさになったのもいた。満はその時少し迷いながら、四回目の孵化のために岐阜の川魚問屋へナマズを一括して売ることにした。迷ったのはそれはそのままにしてもう一面池を作るかどうかということであった。

問屋で測ると二六〇キロあった。養殖は成功したものとみてよかった。しかし問屋から出された価格はウナギより安かった。それを言うと問屋の番頭は答えた。

「魚は生き物ですから箱に詰めてしまっておくわけに行きません。年を通していつでも一キロのものを何匹と言われたらすぐ揃えられるようなら、改めて値段の相談に応じます」

それが嫌なら「ナマズ料理店」の看板を掲げて自分で商売をするか、そういう人と組むほか仕方ないようであった。

満は子供たちが成長してゆくのを横目で見ながら、拡張するかどうか迷った。夏の日、ナマズに餌をやっていると、瀬戸市のかつてのお客さんが遠路を訪ねてきた。

「名古屋にオリンピックが来そうなんですよ」

その時は日本中が、「名古屋に来る！」と大騒ぎしていた。東京オリンピックの時も、大阪万博の時もそうであったが、土木関連の商売の書入れ時となる。「風が吹くと桶屋が儲かる」式の「まわりまわって…」というものではない。直接の大商売になる。

瀬戸の人は言った。

「プラントの設置場所は住宅地ではありませんが、一応街中なので、音の出るところ、粉じんの出るところは屋内にしようかと考えているんです。たぶん日本で初めての試みだと思います。いい加減な人には頼めません。力を貸してもらえませんか」

満は駒田先生を訪ねた。

「私個人としては続けてほしいと希望します。あなたは短い間にこの世界に実績を残しました。でもこの世界以上にあなたの能力が発揮されるところがあるのなら、引き留めるわけにはいきません」

松阪の清原社長も同じような考えを述べた。むしろ同じ仕事仲間にもどるのを歓迎するとまで言った。

満は子供たちのことを思った。次男が長男に続いて高校に入る年になり、下の娘も中学生になるところまで来ていた。

満は葉書を書いた。

皆さんお変わりありませんか。

皆さんに「田を耕し、ナマズを育てて暮らす」と手紙を差し上げてから、四年が過ぎました。稲も作り、ナマズもかわいがってやればそれなりの挨拶も返してきて、何とか飢え死にせずに来ましたが、学校という名の怪物のお金を食べる事甚だしく、かといって子供たちが日本で暮らすに、学校を断るわけにもいかず、それやこれやで今度は瀬戸に行くことになりました。

瀬戸はセトモノのセトです。

古い町で新しい人生を始めます。

一九八一年　春

伊勢にて

（おわり）

「ポロトン」に会いに　―あとがきにかえて

私が長い間の念願がかなって、ドイツへ「ポロトン」を見に行ったのは一九八〇年（昭和五五）ですから、今からはほぼ四十年前のことになります。ドイツはまだ西と東に別れていた時代です。私はそのころ山砂利採取工場に勤めていました。

ポロトンはレンガの一種です。一個の大きさは赤レンガ八個を寄せたくらいの大きさがあります。しかし、中は蜂の巣のようになっており、身の部分も軽石のように細かい穴がたくさんあって、上のような大きさであっても片手で持つことができます。嵩比重は〇・六。したがってビニールを敷いて載せれば水に浮きます。

「レンガ造りの家」という言葉があるように、これを重ねて壁を作り、家の構えとします。かの地の人たちは、家を建てるとき、大方はこのレンガを積むまでは本人がやるということでした。勤め人、労働者は週三十八時間労働*1で、夏はバカンスもあって時間がたっぷりとれるから、家のレンガ積みをすると言います。

「建材として、軽いということは大事なことですが、孔があるということがさらに重要なことなのです」

ポロトン製造所の一つを訪ねた時、そこのマイスターが説明をしました。

「壁の中に〝動かない空気の層〟を作ることになるからです。人が服を着ることと同じです。〝動かない空気の層〟は保温として、次に音を遮断することになります。ポロトンは、屋内外の温度差がいくらあっても結露*2することはありません」

マイスターは自分の作っているものにほれ込んでいました。洋の東西を問わず、モノを作る人は自分の手掛けているものに惚れこまないことにはいいものは出来ないようです。

「ポロトンは穴のある焼物という意味です。焼物ですから、コンクリートのように変質することがありません。長持ちすることになります。ご存知のように低温で焼かれた土器でも千年たっても変わりません」

ここでドイツのマイスターについて説明しておきましょう。

ドイツには、日本で「ドクター＝博士」と訳されている文系のオーソリティに対して、社会的にほぼ同資格を持った技術系のマイスターがいます。それはほとんどの職業に及んでいて、私は在独中に屋根屋マイスターに会いましたし、道を走ると自動車修理屋に「マイスターだれそれ」と看板を掲げたものが目に入ります。

工場には必ずマイスターがおります。工場長の兼務のところもそうでないところもありますが、いずれの工場も訪ねれば、マイスターが応対してくれました。

日本人も技術者を大事にする国ですから、一流の職人は尊敬されますが、ドクターやマイスターほどの社会的地位は確立されていないようです。

ところで私がポロトンを見たく思っていたのは、最初に掲げた「山砂利採取工場に勤めていた」ということと関係があります。

現代の都市はビルの林として描かれます。ビルは鉄の骨を持ったコンクリートの塊です。コンクリートはビルばかりでなく、川の護岸にも、地下道の壁にも、というように都市は視方によってはコンクリートによって固められたところと言っても過言ではないほどです。

コンクリートは砂利と砂（これは石の粒の大小です）をセメントという石灰を焼いたものをノリとして固めた人工石です。

砂利と砂は河川がヒトの想像を超える長い年月をかけて作り出したものですが、それを人がスコップで掘っていた時代ならば河道も変わることもありませんが、人の何十倍も仕事をする重機が入るとそうはいきません。

日本では先の東京オリンピックを境に河川から直接採取することは禁止されました。

それでは都市を作るために必要とされる、砂利・砂はどこからくるようになったのでしょうか。

私の住んでいる所は愛知県瀬戸市です。陶器の別称となっている〝セトモノ〟の発祥地で、町の入り口の辻に「セトモノのせと」という看板が出ています。

陶器は粘土を形にして焼いたものです。

瀬戸市は名古屋から東に歩いて美濃の山塊にあたる手前のところにあります。その瀬戸を出発点として、東北に多治見、土岐、瑞浪と、古代から美濃焼の産地として名高い陶器の里が並びます。陶器用の粘土が産するところです。

もともと粘土は静かな湖の底にたまったもので、それが地殻変動によって水が動き出すと沈殿物は砂になります。砂は周りの条件によってガラスの原料となる珪砂であることもあります。さらに地殻変動の大きなものが来て湖が川のようになると、砂利混じりの砂礫層の堆積物ができます。粘土や珪砂を掘り出すとき、その砂礫層は全く邪魔なものでした。しかし、世が砂利・砂を求めているときに、その邪魔物を洗えば用を足せると気が付いた人がいました。

大阪万博の時です。日本は地殻変動の激しいところですから、粘土を産しなくてもかつて湖沼や河川であったところが隆起したところは各地にあります。京都南郊の城陽市から京田辺市にかけてはそのようなところです。

河川から来なくなった砂利・砂はこのようなところから来ることになりました*3。

しかし、このようなところは自然の状態では、草や木の生える〝土〟のところですから〝泥〟

の部分が多いところです。

因みに砂利・砂・泥の区分は次のようになっています。

砂利＝二五～五ミリ。砂＝五～〇・一ミリ。泥＝〇・一ミリ以下、です*4。

自然状態の砂礫層は、〇・一ミリ以下の〝泥の部分が二〇～三〇パーセントもあり、二五パーセントを超えると製造コストがかかりすぎて原料としての価値はなくなります。

都市を作り出す、砂利・砂の膨大な使用量の二〇～二五パーセントというのはやはり大変な量で、この業に携わる多くの人はその処分を考え、私も考えました。そしてドイツの雑誌の広告にあったポロトンに出会ったということです。

この〇・一ミリ以下は工場からは〝泥水〟として出てきます。これをドブロクから清酒を絞り出す機械の延長で、いまは粘土状にすることができます。

ちなみに仕事言葉では、この泥の塊を「ケーキ」と呼びます。音にすると全く同じですが、〝景気〟のことではなく、カステラのほうです。

ケーキは陶器用の粘土に近いものです。もともと陶磁器の原料となる粘土は、粘土らしい格好をしていれば良いというものでなく、ボーン・チャイナのような高級品は上等な（ということはアルミナやシリカ分を多く含んだ）粘土を使わなければならないし、外壁タイルなどは三級品でいいものです。したがって、粘土に近いと言ってもこの三級品にも及ばず、陶製瓦にわずかにブレンドされる程度のものでした。

私は〝セトモノの地〟らしく存在している『窯業試験所』を訪ね、ケーキを焼けばポロトンとして通用する強度が得られるのかの分析を依頼し、合格点をもらいました。

そうしたことでポロトンへの思いは募るばかりの日々が続きました。

しかし、そのころ＝一九八〇年は『プラザ合意』＊5の前でしたから円が安く…ということは飛行機代が高く一般の人が海外へ行くのはなかなかできないことでした。わずかに農協が元気よく、旗を掲げて出かける姿が報じられる程度した。幸いなことに、業者団体に農協と同じような企画があってそれに便乗することを会社が承知してくれましたので、勇躍ドイツへ渡ることが可能となりました。

業者団体の企画は、研修という観光旅行で、ヨーロッパ各地を回ります。私は往き帰りに同行し、本体が旅行している間一人でドイツを回るというものです。そのドイツ巡回はかねて付き合いのあった商事会社が案内してくれる約束をくれました。

フランクフルト空港からは一人旅でした。初めての外国旅行がドイツで、一人で汽車に乗るというのは誠に心細いものでしたが、出発前に何度も地図を見て記憶し、その図を頼りに、「もう少し行けばライン川に沿うはずだ。川を見れば間違いない」と頭の中で呟きながら外の景色を見ていました。

商都市デュッセルドルフにある約束した商事会社で、所長以下の日本人の顔を見た時は、やはりほっとしたのをいまだに覚えています。

土地の女性社員が東京でするのとまったく同じようにお茶を出すと、所長は若い社員「山森を紹介する」と言いました。

「よくおいでくださいました。あなたのことは――（とその会社の重役の名を挙げて）からよく聞いております。恩返しのつもりでこの山森が日程も訪問先もすべて用意してあります。移動は車を使っていただきます」

私が、その商事会社との係わりがあったのは、以前に勤めていた機械工場でのことでした。それはスウェーデンの、世界特許を持ったある分級機*6の日本での製造権をその機械工場と結んだ時、（商事会社は日本での販売権を持っていたために）仲介の役を担ったが、分級機はソフト面では画期的なものでありながら、ハードの面でクレームが続出していました。

原因はコロンブスの卵を地で行くような、初歩的な設計ミスで、私があるきっかけから指摘したことによって何年越しのもめごとが一気に解決したことです。私の方では些細なことでありましたが、彼らにとっては大変なことであったようで、所長の言はそのことを言っているものです。

ポロトンを訪ねる旅は南へ、オーストリア国境近くへ行くことから始まり、次いで中ほどへ戻り、最後に北へ、『ブレーメンの音楽隊』のブレーメンになりました。素敵な旅でした。

最初、一抹の不安がありました。

「これから行くところは、ポロトンを押し出す機械のメーカーですが、連絡を取った時、町井さんがエンジニアだと言ったら何か渋るような応対でした」

山森さんはそういってこの旅がそう愉快なものでないことを言いました。

「日本を出るとき私も言われました。ドイツ人は日本人には工場の中まで見せないということだそうですね」

「はい。こちらでは、日本人は最初の一台は買うかもしれないけど、二台目からは作ってしまうので、肝心なところはなるべく見せないようにという風評があります」

私はそのための一助になるかもしれない思ってお土産を持ってきました。名古屋市の北西の方向に七宝町という小さな町*7があり、名の通り『七宝焼』という見事な装飾品を作っています。ブローチやロケットなど、いずれも女性用の小物を用意しておきました。

これがどこを訪ねても大変喜ばれ、ある工場では昼食まで出され、山森さんは目を丸くして驚きました。

「皆さん『クロイゾーネ』と言っていましたね。すごい威力ですね。ケチなドイツ人に工場見学だけで昼を出してもらったのは初めてです。何か由緒があるのですか」

「陳舜臣という作家をご存知ですか」

「名前だけは知っています」

「あの人の歴史小品の中に出てきます。以前に読んだので題は忘れましたが、クロイゾーネはビザンチン帝国の文化の一つだそうです。ビザンチン帝国はいまのインタンブールにあった東ローマ帝国の末期の国ですね。それがトルコのイスラームに征服され崩壊する時、職人の一部が中国・そのころの明帝国へ逃れ、さらに年を経て日本に渡ったというものです」

「こちらの人はそういうことを知っているんでしょうか」

「いや、クロイゾーネ＝ローマ文化という形で伝承されているのだと思いますよ。彼らはローマ文化というものに敏感に反応するようですから」

いずれにしてもこのわずか三〜五千円のものが偉大な力を発揮したのには感動しました。ポロトンの製造工場のマイスターは私が持って行ったケーキの分析表を丹念に見て言いました。

「いい原料ですね。我々が今使っているものより二段階ほどいい。良い強度が出ますから、細孔をもう少し増やすことができます。軽くて丈夫なものができるでしょう」

私は小躍りするような気持で帰ってきました。

「売れそうかね」

山砂利採取工場の社長は私の報告が終わるのを待ちかねて言いました。

「それは皆目見当がつきません。まず試作品を作り、強度などをテストしたのち一軒分を用意し、耐震性などの官庁検査を受けて…」

「何年くらいかかるのかね」

「相手が国ですからその辺のところは何とも…。うまくいって三年。順調の運びでも五年はかかろうかと…」

「それでは無理だね」

にべも無いとはこのことかもしれません。

日本人は、世界中から金持ちだという評があります。本人たちもそう思っている節があります。しかし、私は評判ほどには中身がないのではないかと常々から思っていました。

それは、日頃から勤め人も労働者も残業しなければ生活を維持していけないことを見ても明らかですし、時には〝過労死〟などという、およそ文明国では考えられないことさえ起きていることを見ても明らかです。

その根底にある原因は、消耗品としての家を買わなければいけないことにあると見ていたからです。

私はそのころ、いわゆる建て売り住宅に住んでいました。労働者としてはこれくらいのところが精いっぱいの買い物でしたが、これがまたひどいものでした。

住んでしばらくすると雨漏りがします。売り手に言って二、三度来てもらいましたが一向に良くならないので仕方なく、専門家を探して直してもらいました。むろんお金はとられました。壁はヒビだらけになります。大枚を払って修理しました。ドアが八ヶ所あって五ヶ所はきちんと閉まらない…、などなど数えだしたらきりがありません。そのことを考えると一生涯の買い物をしたのに、情けないを通り越して悲しい気持になります。

私の場合は特殊な例ではなさそうです。普通の、日本でまじめに働いている人々は、住宅の支払いが終わるか終わらないうちに終了となってしまいます。しかもそうした住宅も次世代に残してやることができません。上のような事情のために、家の生涯も終わってしまうからです。

次代は次代で、最初からやり直さなければなりません。住宅という大きな買物を考えると、子供も満足に産めない状況にあると言えましょう。

「ポロトン」に出会って私がうれしかったのは、建築材料として優秀なことでありました。何より長持ちがします。それに冷暖房費が少なくて済みます。さらにはそれを産業廃棄物から作り出すことができるということです。

しかし、テーブルをたたく拳はあっても、お金がないことにはこういうものは実現しません。

私はドイツの旅の中で感じたことが捨てきれないで、かねてから知り合いであった大学の建築科の教授を訪ねました。私が夢中になって惚れた「ポロトン」の優秀さを説くのに対して教授は言いました。

「スポンサーはどなたですか」

教授は「日本国は地震国だからレンガは無理です」の一点張りでした。「しかし、スポンサーによっては研究します」というもので、学問の徒というより商事会社員の態度で終始していました。私のドイツの旅は旅だけに終わりました。

私の初めての海外旅行のドイツの旅は業者団体とフランクフルト空港で別れ、六日後に寄るまでの間で、四日間は山森さんの案内での工場周りでした。わずか一週間にもならない短い期間でしたが印象に残ったことはたくさんあります。

「ポロトン」を造るには押出機という器械が必要です。原理はところてんを押し出すことと同じですが、その押し出す力が百馬力以上で、ちょっと複雑になったもので小型ならば日本にもあります。

その工場を訪ねた時のことです。カールスルーエという、ドイツの中でも南端に位置する、黒い森（シュヴァルツヴァルト）の近くの町から東に入ったところにありました。

どこの国でも同じですが、工業地帯は海岸か大河のふちに並ぶものですから、南ドイツはいうなれば鄙の残っているところです。

商事会社員の山森さんも初めて訪れるところで、道に迷ったかと思案しているときに、向こうから単車が来ました。山森さんが窓を開けて手を挙げると、道端に停まりスタンドを立て、ヘルメットを取って近づいてきました。山森さんは地図を出して尋ねる会社の位置を示します。単車の人は二言、三言　何かを言うとスタスタと車に戻ります。

「近くまで行ってくれるそうです」

「それは大変な親切ですね。いつもこんなふうですか」

「だいたいそうですね。田舎へ行くととくに」

メーターを見ていたら、それから約五キロ、街らしいところに入って、単車が止まります。

「あの塀があなたの目的の工場です」

それだけ言うと、すっとUターンして行ってしまいました。

日本では、みんなそれぞれ目的を持っているから、方向が同じなら案内もしましょうが、バックしてまで案内をすることはまずないでしょう。だいたい「道を聞くのに、車に乗ったままというのが気に入らない」と言われるのがせいぜいかもしれません。

こうした経験をすると、いささかドイツかぶれになります。しかし、つい少し前にヒトラーを支持したのも同じ人たちかと思うと、人というものの不思議さを考えてしまいます。

押出機の機械工場でマイスター・工場長に聞きました。

「いま仮にこの器械を注文したとしましたら、納期はいつごろになりますか」

「標準は一年半です。海外ですと二年見ていただく必要があります」

「えっ」と、思わず私は言ってしまいました。

「見込み生産はしないのですか」

「そういう予測に基づくものはしません。消耗品は用意しておきますけど」

「もし注文が重なった時はどうしますか」

「事情を話して待っていただくか、断ります」

私はこれが日本であったならば、どうであろうかと思ってみました。多分「この程度の機械で一年以上も待たされるならいらない」と言って、近い機能を持った機械屋に行き「作ってもらえないか」と言うような気がします。そして言われた方でも「よしやってみよう」と返事をするでしょう。

ドイツでは私たちとは違った時間が流れているように思えました。

私は前の会社で、山森さんの会社と懇意になったきっかけとなった機械の在庫の山を思い出していました。むろんあの時はクレームで返品されたものがありましたが、大部分は工場で作ったそのまま外へ一歩も出ずに積まれたものでした。

私はその会社で営業職に就いたこともありましたから、ほかの機械メーカーを訪れる機会もあり、それぞれどの会社でも、一日、一時間でも早く納入できるように時間のかかる部分は在庫として山のように抱えている様子を見ています。

そのような日本方式がいいのか、ドイツ方式がいいのかはその社会の〝モノ〟に対する考え方の上に立っている習慣もありますから、良い悪いは一概に言えませんが、日本方式は何か〝モノ〟の生産を投機めいたものとして扱っているようで、無駄な働きが蓄積しているように思えてしまいます。

私の工場巡覧は、先述のように七宝焼のお蔭でどこでも丁寧な待遇を受けました。

「ポロトン」の製造工場へ行ったときも、本体に細孔を作るために、原料に発泡スチロール粒を混ぜ合わせるところから、押し出し機の稼働状況、流しながら直角に切断する機器、乾燥と焼成の連続トンネル窯まですべてを案内してくれ、さらに出荷場まで見学させてくれました。

「販売は、（日本のホームセンターを説明して）そういう店などにも出すのですか」

「いいえ、ポロトンはどこのメーカーでも個人への販売は致しません」

「販売会社は別にあるのですか」

「いえ、そういうものもありません。こちらでは家屋建設のマイスターに一任されます」

「マイスターは、こちらの会社に属しているのですか」

「マイスターは独立した存在です。家なり大きくない事務所なりを建てたい人は、その地域のマイスターのところへ相談に行きます。そこでマイスターは建築の中の工程で、だれがそこを担うのか、ポロトンはどのメーカー品にするかを決めます。そうした経験の中から製品に対するフィードバックも彼らから上がってきます」

「市場調査というか今後どのような需要状況になるのかも上がってくるのですか」

「はい。こちらでは家を建てる方は大方ポロトン積みまでは自分で行います。通常は一年ほどですが、人によっては二、三年かける者もいます。従ってどのような出荷状況になるのかはマイスターの手の内にありますから、その手帳によらないとわかりません。その代りその帳面から大きく変動することもありませんから生産計画もスムーズに立てることができます」

押出機のマイスターが、「私のところは受注生産です」と言って動じることがないのは、このように社会全体がマイスターを仲立ちとして有機的に結びついているからでしょう。

私はその後リタイアしてのち、縁があって『ヨーロッパ・ゴ・コングレス』という囲碁の会に参加することになり、かの地の十ほどの国を訪れる機会に恵まれることができました。かの地を訪れると、日本にいては見えなかった、日本のいいところ、悪しきところがいくつか見えます。

先日、東名高速道路で、トラックの〝かぶせ〟*8にあった、まだ若い夫婦がそのことがきっかけで事故死したというニュースに接したことがあります。

その時、四十年前にアウトバーンを走っていて見かけた情景を思い出しました。

アウトバーンは片側三車線です。内側の車線は乗用車が二百キロくらいのスピードで走ります。真ん中の線は乗用車の、外側はトラックの走行車線です。アウトバーンでは日本の高速道のようにトラックやバスなどはほとんど見かけません。外側車線を走るのはほとんど十九メートルクラスのトレーラーです。そのトレーラが真ん中に出てきて、前を行くトレーラーに追い越しをかけます。そして時間にして少時、追い越されたトレーラーがウィンカーを出します。これは追い越されたトレーラーが中線へ出るという合図でなく、追い越したトレーラーに「あなたの車は私の車を追い越し終わったよ」というメッセージです。だから「外側のトラックの走行車線に入れ」と教えているものなのです。トラック運転手の同じ職業人としての連帯かもしれません。そしてこのようなことが日常的になれば交通事故もきっと減少することになりましょう。

私は東名高速を走っていて二度ほど〝かぶせ〟にあったことがあります。いずれも二トントラックでした。どのような操作か知りませんが、軽油車で真っ黒い排気を出して進行を妨害された時は全く嫌な気分でした。そしてアウトバーンのウィンカーの点滅を思い出したものです。

先に述べたように、広く世界を見渡しても、外から見た日本という国は、治安は安定しており、盗難なども少なく、全体として優れた人々の集まりだと見えます。

そのような中で野卑な行為をする人がいるのは、少ないから目立つのかの知れません。そのような人は、その人が自分の職業に誇りを持っていないのではないかと私は考えます。一体にアジアの国々は、ヨーロッパの国々に比べて〝労働〟ということに関して軽視しがちな社会環境なのではないか思われるからです。例えばアジアの中でも一番近代化が進んでいる日本で、労働時間があまりにも長く、それがもとで病床に就いたり、はては死に至るということが繰り返し起こっていることにも表れています。

私は普通の人とは異なった人生を送りながら、そのことを考え続けてきました。ここに著した二編の小作品もそのことがテーマです。

＊1 週三十八時間労働　四十年前にドイツ（西）では法律になっていました。このことをその時、マイスターの一人と話したことがありました。かれは「発展途上国とそうでないかの違いは、週労働時間が四十を切るかどうかの違いだ」と言っていました。
＊2 結露　昭和四十五年、日本中に鉄筋コンクリートの団地ができた時、結露によって布団がびしょぬれになり、〝兎小屋〟とヨーロッパ人から笑われたことがありました。
＊3 砂利・砂　砂利・砂の供給先は山砂利ばかりではありません。旧河川敷などからも採取されます。
＊4 二五ミリという数字　コンクリートも十八世紀末のイギリスの産業革命の申し子の一つで、一インチ＝二五・四ミリから。

＊5　プラザ合意　一九八五年九月ドル高を修正するための先進五カ国の合意。円は一気に倍に高騰した。

＊6　分級機　ものを粒の大きさによって分ける機器。ふるいもその一つ。水に沈む速さによって分ける器械もある。

＊7　七宝町　現在はあま市の一部となっている。

＊8　かぶせ　高速道路でほかの車の前に出て進行を妨害する走り方

町井たかゆき
1935年、東京下町に生まれる。

1965年、鉄工技能士１級。

あるきっかけで零細企業の面白さに取りつかれ、以後誘われるままに勤め先も住所も転々とする。

たくさんの人に出会い、その人たちの善意に包まれて、幸運な傘寿を迎える。

終の住み処は、愛知県瀬戸市になりそうである。

【著書】『遊びをせんとや』（2001年、文藝書房）、『右のポケット』（2015年、文芸社）

十三年

2018年6月30日　第1刷発行　（定価はカバーに表示してあります）

著　者　　町井たかゆき
発行者　　山口　章

発行所　名古屋市中区大須 1-16-29
振替 00880-5-5616 電話 052-218-7808
http://www.fubaisha.com/
風媒社

＊印刷・製本／モリモト印刷
乱丁本・落丁本はお取り替えいたします。

ISBN978-4-8331-5351-5

9784833153515

1920093014007

ISBN978-4-8331-5351-5
C0093 ¥1400E

定価（本体1,400円＋税）

風媒社